JN020627

集英社オレンジ文庫

月の汀《みぎわ》に啼く鵺《ぬえ》は

巷説山埜風土夜話の相続人

長谷川　夕

本書は書き下ろしです。

目次

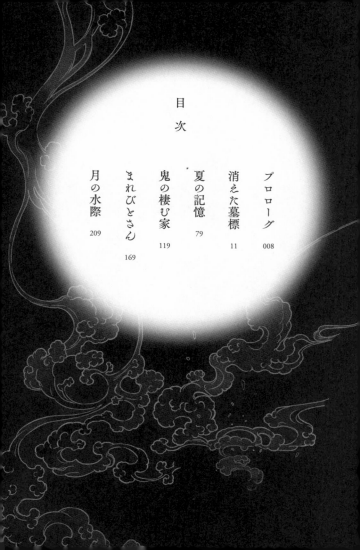

月の汀《みぎわ》に啼《な》く鵺《ぬえ》は

巷説《こうせつ》山埜風土夜話《やまのふうどやわ》の相続人《そうぞくにん》

僕は、祖父がどんな人間だったか知らない。

一度も会ったことがないからだ。

たとえば戦死したとか、僕が生まれる前に亡くなったというのなら、仕方がないと納得できる。でもそうじゃない。僕という存在を認められないと言い、会うことを拒まれたのだ。僕は、母親ごと捨てられた。

いまさら祖父が死んだって？　遺産があるって？

祖父の遺産なんかどうでもいい。全部いらない。何も受け取らない。そうやって、固辞して放っておいてもよかった。目をそらせば、何も見えなくなるのだから。

だが、自分の中に湧きあがった欲求には抗《あらが》えなかった。

遺産なんかはどうだっていい。欲しいわけじゃない。

ただ——知るべきことがあったのだ。

＊　プロローグ

胸ポケットの携帯電話が震えたので取り出すと、大学の先輩である千葉《ちば》からの電話だった。僕は竹箒《たけぼうき》で庭を掃きながら、電話に出た。

『直江《なおえ》ー？』

「はい」

『いま、直江んちのマンションっていうか部屋の前なんだけど。留守？　夏休みどっか行ってんのー？』

庭を掃き終わり、水をまくためのホースを引き出していく。とぐろを巻くホースの鮮やかな水色が目に眩《まぶ》しい。

「いま、祖父の家におります」

『あ、そういえば、会ったこともないじいさんが死んだって言ってたっけ。え、まだあの件で何かやってんの？』

「はい。その節はありがとうございました」

僕は経済学部で、千葉は法学部だ。法学部の知人の中で、千葉がもっとも親しいため、祖父が死んだことや相続について相談にのってもらった。

『結局どうしたんだ?』

「相続することにしました」

祖父が死んだ。遺産があった。遺産は多額で、不動産もある。相続放棄すればその後は何もしなくてもいいのかというと、そうではなかった。他に相続人がいなければ、最後の相続人には、不動産の管理義務が発生する。どうも理不尽に感じるのだが逃れられない。

遺産を『処分』するには、相続しなければならない。放棄してもどのみち関わらなければならないのなら、いっそ相続してから——捨てればいい。そう結論づけた。

『そっか。それで現地確認?』

「はい」

『別荘みたいな感じでいいんじゃん?』

「まさか。いわゆる負動産ですよ。一刻も早く売り飛ばしたいです」

僕の言い草をどう受け取ったのか、千葉は笑った。当事者としては笑いごとじゃない。

『で、いつ戻る予定?』

それは——と、僕は顔をあげた。

柴垣の向こうは、丘をおりていく道が続いている。一区画がやたら大きい田舎の家が、段々畑のように連なっている。人口一万人弱の町だ。町内全域が山麓《さんろく》の田園地帯で、住宅地は少し。

高い建物がないため、空はとても広い。いい天気だ。夏の空は高い。雲ひとつない青空はどこまでも透き通る。遠くに峻険《しゅんけん》な山々が連なっている。長閑《のどか》で平穏で、優しい朝の風が吹いている。

ずっと長い時間、この場所にはこんな時間が流れているのだろう。

でも、ここは僕の居場所じゃない。

僕は生まれる前に、ここを追われたのだから。

「……早く帰りたいことだけは確かです」

消えた墓標

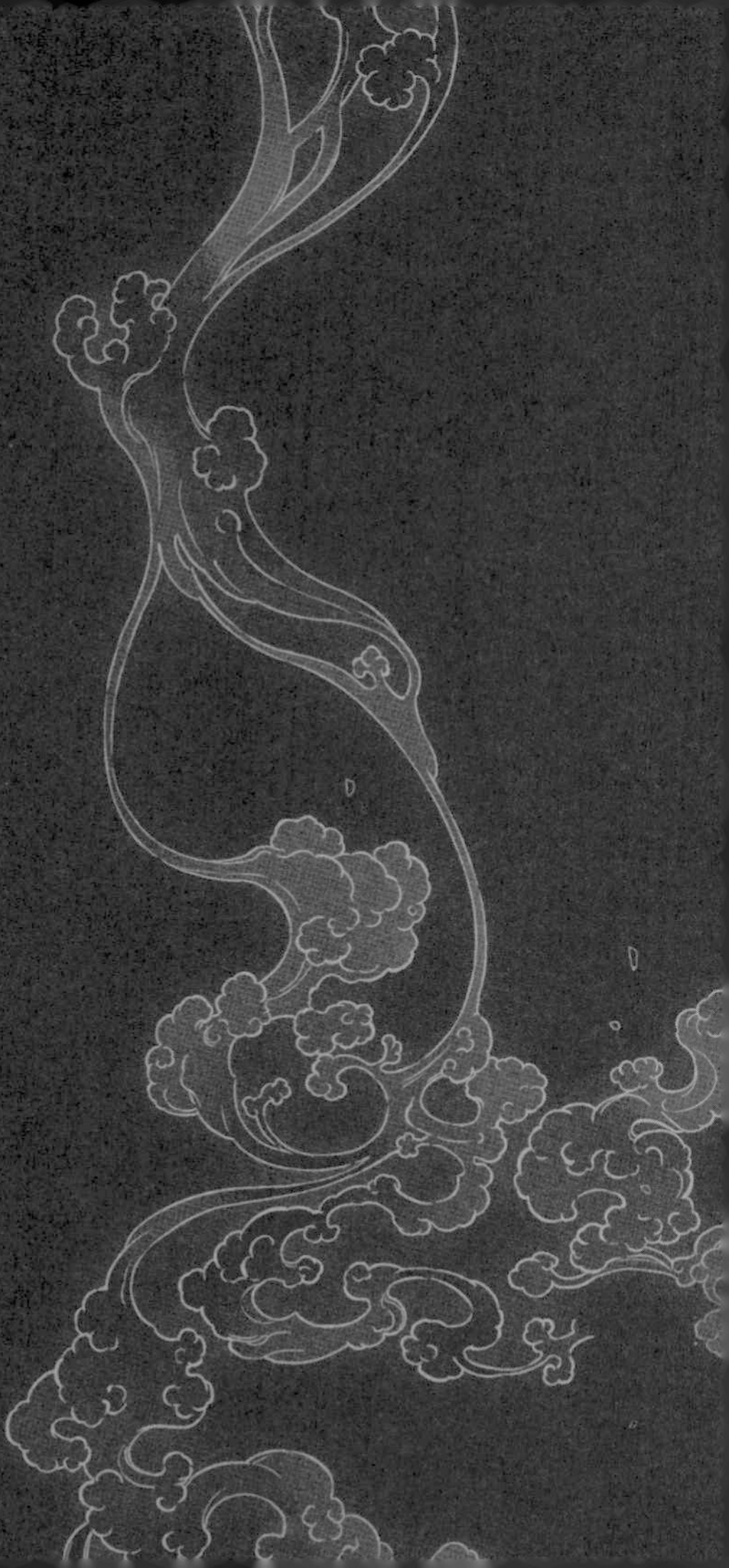

一

「直江《なおえ》先生、ご無沙汰《ぶさた》しております」

　顔をあげると、柴垣の向こうに、ワイシャツ姿のゴリラが立っていた。非常に驚いた。直立二足歩行、日除けの帽子を被っているではないか。よく見ると、ゴリラに似ているが人間だ。僕より背が高く、年齢は四十代後半ほど、髭《ひげ》を生やした、大柄で筋骨隆々の男だった。武道をしているだろうと直感が働いた。

　僕自身の知り合いではない。僕は先生と呼ばれる職業でもない。夏季休暇中の、ただの大学生だ。彼は僕を、教師だった僕の祖父と見紛《みまが》っているのだ。背恰好《せかっこう》や雰囲気、面立ちが祖父とよく似ている僕が、祖父の麦わら帽子を被り、生前祖父が行っていたように、庭仕事をしているせいだ。

　庭木のアジサイにホースで水をやりながら会釈《えしやく》をすると、ゴリラは日除けの帽子ごしに、真夏の日差しを憎々しげに仰いだ。

「今日は特に暑いですな。お元気そうでなにより」

「祖父は先日死にました」

「確かに、こう気温が高いと歩いているだけで行き倒れてしまいそうですな。ちょっと寄らせてもらってよろしいですか。お訊《たず》ねしたいことがありまして」

祖父は本当に死んだが、どうやら冗談だと思われてしまったようだ。

「どうぞ」

僕が示した手のひらに従い、ゴリラは玄関のほうに回っていった。僕は水をまくために出したホースを片づけながら、またかと辟易《へきえき》している。

祖父と間違われることは初めてではない。頻発《ひんぱつ》している。なぜなら見た目がとても似ているからだ。祖父を昔から知る人で僕を初めて見た人は、視力が良ければ「若い頃の直江先生にそっくり」と笑い、視力が悪ければ「化けて出た⁉」と慄《おのの》く。僕としては似ていること自体が不本意なのだが、ゴリラが祖父の死を知らない人なのであれば、間違われるのは想定の範囲内だ。

ホースを片づけ終え、麦わら帽子を脱ぐと汗が伝ってきた。開け放した広縁に上がる。

純和風の古い家は廊下を歩くだけで軋《きし》む。四坪ほどもある広い玄関。玄関横には大きめの靴箱がある。靴箱の上には立派な木彫りの熊、さるぼぼ、こけし、マトリョーシカ、兵馬俑《よう》、博多《はかた》人形、謎の半透明の石の置き物など、いかにも土産物《みやげ》といった、飾る以外の用途のない処分に困る置き物が、我が物顔で鎮座している。

ゴリラはすでに三和土《たたき》に立っていた。後ろ手に格子《こうし》の引き戸を閉め、式台にあがると、履《は》き潰《つぶ》した革靴を三和土の隅《すみ》に寄せた。慣れた様子で、玄関横の靴箱から来客用スリッパを取り出し、履いている。

ゴリラは勝手知ったるといったように、すぐそばにある洋室の応接間に入り、壁についている冷房のスイッチを押し、黒い革張りのソファにどっかりと腰かけた。二人掛けの革張りのソファは彼が座るとまるで一人掛けのようだ。滝のごとく流れる汗を拭《ぬぐ》う来客のため、僕は台所で冷茶を用意することにした。

台所に入ると、四歳下の弟の雫《しずく》が、二人用のダイニングテーブルに突っ伏していた。僕の気配を感じ、顔をあげる。ダイニングテーブルの上には、冷凍庫に入っていたはずのアイスクリームの残骸《ざんがい》が散らばっていた。今日のおやつの予定だったのに。朝食の皿も空になっているので、アイスクリームには目を瞑《つむ》ることにする。

「兄ちゃん、暑い……。なんで山なのにこんなに暑いの……」

「それは、エアコンの効いた部屋に体が慣れていること、神戸《こうべ》とは気候が違い、盆地のように熱が溜まりやすい地形であること、くわえて居間と応接間以外にエアコンがない古い木造である上、平屋は遮熱《しゃねつ》性が低いから」

「そういう正論ぜんぜんいらない……溶ける……」

と、冷房の効いている居間に行こうとする。

「せめて着替えてから溶けなさい」

まだ寝間着代わりのTシャツ短パンのままだ。まったく、午前十時を過ぎたというのにだらしない。雫用のシャツを持ってきて無理矢理渡す。

雫は、最近また背が伸びて百八十センチメートル近くに迫っているにもかかわらず、いまだ少年の雰囲気を残しており、起き抜けは特に、大型犬なのに仔犬に見える。

後ろ頭の髪の毛が、あちこちに向けてはねている。

だらしない性分もあるが、暑さが本当に苦手なのだろう。起き上がれないようだ。

さすがに可哀相《かわいそう》に感じ、壁の上のほうについている古い扇風機の紐《ひも》を引っ張ると、扇風機は轟音《ごうおん》を立てて首を振り、室内の熱気をかき回し始める。効果のほどは不明だが、気分的にはないよりマシだ。

「ところでシズ。お客様だよ。じいさんの」

僕は振り返って言った。雫は白旗をあげた。

「え、無理。一昨日も来たばかりじゃん。お兄様、俺ギブ。あとはよろしく」

「シズも来てくれ」

「もう体力ゲージ尽きてるってぇ……」

雫はゲームが好きで、隙《すき》あらばゲームばかりしている。その悪影響により、ゲーム由来の表現で会話をすることがある。おかげさまで、僕はゲームをしないのに、用語だけはわかるようになった。悪影響のひとつだ。

「体力ゲージ尽きてるって、まだ朝だろう」

「もう昼だよ」

「わかっているなら昼まで寝るな。屁理屈をこねるな」

「だって人と会うの疲れるんだもーん」

「だもーんじゃない。さあ、早く顔を洗って、歯を磨いて、髪の毛をすいて、さあさあ」

「……はあい、ママ」

二年前に母が亡くなり、僕たちはふたりきりとなった。年齢は四つしか離れていないが、性質のせいか僕は彼の母親代わりをしている、というのは少し嘘《うそ》で、母が生きていた頃から僕は雫の世話ばかり焼いている。彼はひとりでは危なっかしいので、目が離せないのだ。頭では過保護だとわかっているのだが、長年染みついた習性のようなものだ。

雫は台所に隣接する洗面所にすごすごと入っていく。僕が氷を入れたグラスに人数分の冷茶を用意し終えた頃、雫は、とりあえず寝起き感をなくした状態で出てきた。上にシャツを羽織ったおかげで、なんとか見られるようになる。見た目だけは、爽《さわ》やかな青少年といった風貌《ふうぼう》だ。冷たい水で顔を洗って少しスッキリしたらしい。

「やればできるじゃないか」

「もっとちゃんと褒めてほしい。超イケメンになったとか」

「はいはい、超イケメン」

「もっと心を込めて！」

ため息を吐きつつ、前髪に残った水滴をタオルで丁寧に拭ってやる。彼は詰めが甘い。そして僕は彼に甘いのである。


ふたりで応接間に入ると、ゴリラは目を丸くした。

僕は雫とともに、ゴリラの向かい側に座る。

「あらっ、お孫さん？」

ゴリラは興奮気味に前のめりになり、ニコニコしている雫に話しかけた。雫はお客様用の笑顔で応対する。

「はいっ、こんにちは！」

先ほどまであんなに嫌がっていたとは思えないような明るくはきはきした返答だ。彼は、対外的には人見知りに見えない。むしろ人懐っこく見える。だが実のところ激しい人見知りであることを、ほとんどの人間が知らない。

ゴリラは嬉《うれ》しそうに両手で膝《ひざ》を打った。その動作は、いよいよゴリラに思えた。

「てことは、沙穂《さほ》ちゃんの息子さんかー！　小さい頃に一回だけ会ったことがあるんだよ。覚えてる？」

「すみません」

「いいよいいよ。なにしろ生まれたばかりの赤んぼだったからねえ。いやあ、大きくなったね。大学生？　社会人？」

「高校一年生です！」

「えっ、そう……だっけ？　まいっか。背ぇ高いねえ。元気だねえ、イケメンだねえ。直江先生、お孫さん、立派になられて！」

「祖父は先日死にました」

ゴリラは僕の顔をまじまじと見つめ、僕が祖父ではないとやっと気づいた。まったくどうして、七十歳と二十歳とを間違えるのだか。先入観というものだろうか。

「確かに……直江先生が若返ったように見える。よく似ていますな。え！　本当にお亡くなりに？　さっき直江先生が庭にいらしたんだけど……本当に？　あ、お焼香《しょうこう》させてもらってもよろしいですか」

ゴリラはようやく状況を飲み込んだようだ。

「よければ、のちほどお願いします。僕は直江晶《あきら》、弟は雫です。祖父は先日、誤嚥《ごえん》で死にました。相続人の僕たち兄弟が、祖父の死後の整理のために一時的に滞在しています。神戸から来ました」

「そうですか。そうか……。直江先生が亡くなってるなんて知らなかった。そうかあ、残念です。ご愁傷様《しゆうしよう》です。……まいったなあ」

祖父の死の報せのあと、唯一の親族であった僕たちが、祖父の暮らしていた田舎の築四十年の古い平屋に留まること、早一カ月。その間、祖父の来客は絶えなかった。

祖父の死を知って訪れた人もいれば、何も知らずにやってきて驚く人もいる。その誰もが、祖父を慕い、何らかの事情により祖父を頼るために来訪する。ゴリラもそのくちだろうとうかがえた。

「直江先生……お祖父《じい》さんが郷土史の研究をしていたことは?」

「少しは……。もともと疎遠でしたので詳しくありません」

「そっか。お母さん、大喧嘩《げんか》して出ていったものね」

「お詳しいですね」

「一人娘で溺愛《できあい》していたから、当時の直江先生はたいそうお怒りでね。しかもどっちも頑固でしょ。その—……ほら、子どもを産むといって聞かなかった沙穂ちゃんも、出ていけと怒鳴った直江先生もねえ。私が沙穂ちゃんと最後に会ったのが、赤ちゃんを連れてここに挨拶《あいさつ》に来ていた日だ。そのときに、たまたま居合わせたんだよ。じゃあ、あの赤ちゃんは君だったか。二十年前の冬、雪がどかどか降った日」

ゴリラは、祖父と母の事情を僕以上に正確に把握《はあく》していた。祖父の古い知人なのだろう。二十年前、地元で看護師として働き始めたばかりの母は、妻子ある男性の子を宿してしまったのだ。それを知った祖父は激怒し、母は都会に出てこっそり僕を産んだ。この経緯を知る人はおそらくほとんどいない。

僕を産んだあとに顔を見せに実家に戻ったことは知らなかったし、その日雪が降ったかどうかも知らない。そんな話、母は一度もしなかった。

その母も、二年前に突然の事故で死んだのだが、母と祖父は死ぬまで和解できなかった。どちらも手に負えないほど頑固だったからだ。

母はひとりで僕を育て、父親の違う子をもうひとり産んだ。それが雫だ。

雫の父親とは結婚するつもりだったのだが、相手の両親に猛反対され、ふたたびひとりで産んだ。母は反対された理由を僕に明かさなかったが、僕の古い記憶の中で「連れ子までいるなんて」とおばさんが叫んでいるので、母は、僕がいたせいで結婚できなかったということになる。僕としては複雑な立場だ。生まれた雫は、母とふたりで一所懸命育てた。

祖父にも雫の存在を知らせたらしいが、反応はなかったという。

このような事情により、僕も雫も、生前の祖父に会ったことがない。

「私は沙穂ちゃんと同学年でね。同級生でも、直江先生の教え子でもないんだけど、ちょっとしたご縁で付き合いがありまして」

祖父の葬儀のときには、電話台にあった祖父のアドレス帳をもとに連絡をしたのだが、書き漏れも非常に多かったことはこの一カ月で十分わかっている。あとからあとから、人伝いに訃報《ふほう》を聞いたという人が来る。

祖父は、もともと町内の中学校で社会科を教えていた。定年までヒラ教師だったそうだ。授業がやりたいとか、部活の面倒をみたいとかで、出世を望まなかったという。見た目は僕そっくりの気難しそうな風貌で、性格は非常に変わり者で自由人だったと聞いた。他に親族はいなかった。参列者は祖父と本当に親しい人ばかりで、喪主のほうがよほど故人に詳しくない、肩身の狭い葬儀だった。

定年後の祖父は、この田舎の郷土史を調査したり研究したりしていた。そのこと自体は母親から聞いて知っていたのだが、祖父の家を見れば、その没頭ぶりは嫌というほどわかる。

百五十坪もの広い土地に建つ築四十年の和風の平屋は、７ＬＤＫである。そのほとんどの部屋は、天井以外はすべて本や資料に埋め尽くされ、足の踏み場もなかった。資料の大半が、県をまたがる山脈とその裾野《すその》のダム、周辺の村や町に関するものだ。

『もし自分が死んだらすべて好きに処分してくれ』という誰に向けて書いたのかよくわからない一方的な走り書きが遺《のこ》されていたため、財産のほとんどは処分すべく動いている。唯一、八畳の書斎はどの部屋よりも混沌として、一カ月経《た》った今でも手付かずだが、他はほとんど終わった。あとは書斎だけという状況だ。

ゴリラは思い出したかのように、手帳を取り出した。警察手帳だった。雫が小学生のように目を輝かせた。少年の憧れなのだろう。

「遅ればせながら、こういう者です。斉藤《さいとう》といいます」

二

「祖父には、どのようなご用件で」

僕は訊ねた。ゴリラこと斉藤は少し躊躇《ためら》いつつも、大柄な体の横に置いた小さな黒鞄《かばん》から写真を数枚取り出し、狭いテーブルの上に広げていく。航空写真、山の中腹や山肌、ダムの湖面の写真。地すべりの跡に似た、茶色一色の土塊《つちくれ》の写真もある。

「山奥《やまおく》ダムですね！」

　雫が歓声をあげた。雫は新作のゲームが出たら学校を休む勢いで徹夜をするほどゲームが好きで、さらに新幹線とダムも好きだ。新幹線はひと目で形式番号を言い当て、ダムとくれば、よほどマイナーなものでなければ、航空写真で湖の形を見ればわかるらしい。

　山奥ダムは、ここから車で十五分ほど行ったところにある。昭和三十年完成。そう大きくはないが、蛇《へび》のように細長い形をしている。雫が熱っぽく語るのだが、そのほかの情報は忘れた。

　地元民ではない僕らのために、斉藤は言った。

「むかしむかし、我々が生まれるよりもずっと前に、山奥ダムの東の端に、山埜《やまの》村という村がありましてね。いまは廃村ですが。夏場に渇水で干上がると、旧山埜村の遺構が出てくるんですわ」

　旧山埜村はダム建設に従い、半分以上が水没し、残りは水没こそしなかったが、背後に峻険《しゅんけん》な山々が迫るため、外界と行き来できなくなった。国から補償を受け、村人は全員別の土地に引っ越した。これを水没移転という。

「いつもは大したものは出ないんですが、今回はちょいと趣《おもむき》が違いまして」

斉藤は、土塊の写真を示した。僕と雫はともに覗《のぞ》き込む。斉藤が分厚い指先で指し示すので、土塊の何を示しているのかがわかりづらい。

目を凝《こ》らすと、土が耕されたように波打っている。ただの茶色一色ではなく、黄土色の土の部分と、何か、茶色い物体とが混ざり合っているようだ。

「これは……骨ですか？」

僕が言うと、一緒に覗き込んでいた雫がヒェっと声をあげた。斉藤は頷《うなず》いた。

「そのとおり。古い人骨が出たんです。人数はおそらく十人から二十人ですが、何せ状態が悪い。重機が載ったのかな、骨は砕かれたようにバラバラ。正確な人数すら把握できない。昔の人という点を差し引いても小柄なのは、栄養状態が悪いのか、低年齢なのか。私の推測では、旧山埜村の墓地かと」

古い地で人骨が見つかるというのは、割とよくあることだ。大規模な工事をするために掘り返したら遺跡があり、工事が止まるのを恐れて作業員が見なかったことにするという話も聞く。

「墓地……では、ダム建設の際に移動しそこねたのでしょうか」

「意図的に置いていったのか、なんらかの手違いで移動しそこねたのか、わからないんです。一基くらい残っていてもおかしくないのに、墓石もない。墓石のみ移動し、骨は残置したという見方でいいのか、あるいは墓石は水に流されて散逸したか。そのへんがわからんのですね。当時の関係者はほとんど生きていませんし」

「どちらも可能性はありますね。旧山埜村は、たしか東側の、水没しない位置に、村唯一の寺がありました」

僕は、サイドテーブルの抽斗《ひきだし》から地図を出して広げた。このあたりの最新の地図だ。

祖父の死後、片づけをしているときには、なぜ応接間に地図が置いてあるのだろうと不思議に思ったものだが、何人かの来客を対応するうちに納得した。郷土史を研究していた祖父を訪ねてくる人に、このように地理的な説明をするためだ。地図には鉛筆の書き込みを消した痕跡があり、表面が毛羽《けば》立っている様子を見ると、頻度《ひんど》が高かったことがうかがえる。使い込んだ痕跡に触れると、祖父もここに座り、誰かに話しながら説明をしていたのだと感じ、複雑な気分になる。

斉藤が広げた地図を覗き込んだ。僕は複雑な気分を心から追い出す。

ダムは三方が山、一方の下流に町がある。僕は上流の水際を示し、幅の狭い等高線を指先で辿《たど》って崖《がけ》登りをする。僕はある地点を指さした。

「寺があったのはここです。本堂が崖の上ですから、境内地《けいだい》は非常に少なかったと思います。別の場所に墓地があったのではないでしょうか」

「現場と近いですわ。人骨はここに密集していました」

斉藤の太い指先が地図を示す。人骨の位置は寺の位置より少しくだる。地図上では水の中だ。縮尺を見る。寺と人骨の出土場所は、百メートルも離れていない。

山埜村の墓地という斉藤の推測は信憑《しんぴょう》性が高い。

「このあたりも寺領かもしれませんね。密集しているのは火葬が主流だからでしょう。村に土地が少なく、コレラを恐れたなどの事情で、全国的にも早い段階で、村では火葬を採用しています」

僕が言うと、斉藤はなんだか嬉しそうにしていた。もし人骨が寺の墓地のものではなかったとしたら、事件として捜査しなければならない可能性が出てくる。それは面倒なのだろう。だからこそ、裏をとるため、周辺の歴史に詳しい祖父を訪ねてきたのだ。

その気持ちはわからないでもないが、目論《もくろ》みが外れる可能性もあることは無視できない。

「とはいえ、村の墓地ではない可能性もあります」

「えっ、そうなんですか」

「ダム建設以前にも治水の歴史がありますから、そちらの治水工事の関係者かもしれません。いまも駅前に石碑《せきひ》があるでしょう。あれは、亡くなった関係者を祀《まつ》るもので、もともと山埜村にあったものを、昭和二十年に移設しました。四十人が亡くなっています」

「なるほど、失念しておりました。その可能性もありますな」

「念のため古地図を確認します。おそらく書斎にありますので。何日かかかるかもしれませんが、よろしいですか」

「お手数おかけします。お願いします」

斉藤は大仰に頭を下げ、顔をあげて目を細めた。

「こうして話していると、直江先生にそっくりで……。先生は志《こころざし》半ばだったでしょうから、立派な後継者がいてよかったですなあ」

僕は曖昧《あいまい》に笑い、斉藤を仏壇に案内した。斉藤は神妙な様子で焼香をしたのち、丁寧に礼をして去っていった。その背を見送ったあと、雫が笑った。小悪魔じみた顔をしていた。

「あのゴリラさあ、本当にじいちゃんと兄ちゃんを間違えてたみたいだったね。噴きそうになったけど頑張って耐えたよ」

グラスを片づけながら、僕はため息を吐いた。来客をゴリラ呼びしないようにと注意したいところだが、正直自分も斉藤という苗字《みようじ》を聞くまでは内心ゴリラと呼んでいたので、雫に注意できる立場ではない。

「……じいさんに似ているだなんて、うんざりだよ」

三

僕は書斎の鍵を開けた。

祖父は、田舎の中でも比較的中心地である住宅街の平屋建てで一人暮らしをしており、7LDKを広々使い、書斎を中心に、応接間以外の六部屋が本で埋まっていた。本は郷土資料館や図書館に寄贈して徐々に数を減らし、書斎以外は片づいてきている。

ただ、書斎の本は手付かずだ。来客に対応する際に必要になる機会が頻発し、処分すると後々困るかもしれないと考え、そのほかの片づけを優先していたからだ。

書斎は埃《ほこり》っぽい空気に満ちている。電灯をつける。八畳の部屋に、三方がすべて書架、かつ床は積み上げられた大量の本。雪崩《なだれ》を起こしそうな本の塊《かたまり》の間を縫《ぬ》うように進むしかない。いずれ片づけなければならないと考えるとどうも重荷に感じ、げんなりしてしまう。

「ここも片づけるのか……しんどい……」

と、雫が言った。僕も同感だ。

「とりあえず、今回の件だけでいいから探してくれ。いつもの」

「はー……」

必要な資料を探すのは、もっぱら雫の役目だ。

雫は頻繁《ひんぱん》に物を失くすわりに、自分でちゃんと見つけてくる。庭に埋めた宝物を探す犬のように、雫は第六感で目的物をよく見つけるのだ。てきとうに思いつくままに手にしたり、足を運んだりしているようにしか見えないが、結果的に目的物を見つけたり、場所を特定したり、人を見つけたり——僕たちはその特殊な能力を『ダウジング』と呼んでいる。

雫を見ると、手のひらをこちらに向けて差し出しているではないか。

「その手は?」

「ダウジングするならMP回復アイテムが欲しい。棚に隠してるポテトチップスで可」

「何言ってんだおまえ」

「だぁってー、もうさあ、こんなんばっか。こっち来て一カ月、大半がじいちゃんの来客対応に資料探し。そのたびにダウジング。いい加減MP切れ。疲れたよパトラッシュ」

雫は床に座り込み、書架にもたれて両足を放り出す。駄々《だだ》をこねるポーズだ。相手にするのは面倒なので、無視して探し始めることにする。

ダウジングをするとMP（なんだそれ）が切れるだなんて、今まで話したことはない。真実なら回復は必要だと思うが、ポテトチップスが食べたいだけの嘘に違いない。

ただし、ポテトチップスが棚に入っているのは本当だ。明日のおやつである。決して隠しているわけじゃない。雫に狙われるのを恐れて見つからないような場所にとりあえず入れただけだ。

客観的にみると隠したと言われても反論できないのだが、ひとたび見つかれば、即座に食べつくされてしまう。今日のおやつはアイスクリームだったはずなのに。

成長期だからか、まだ横には伸びず縦に伸びる一方だが、日に何度もお菓子を食べるなんて健康に悪いに決まっている。おやつは一日ひとつ、ゲームは一日一時間の約束だ。

雫のＭＰならぬやる気が回復するのを待っていられないので、手当たり次第、棚を漁ってみる。おねだりには負けない。健康のためだ。

「古地図、古地図っと……」

「っていうか古地図って何なのさ」

「昔の地図だよ」

「そういう正論いらない。疲れたねってヨシヨシだけしてほしい」

それだけなら健康を損ねないので、雫の頭をポンポンと撫《な》でておく。

「斉藤さんが言ってたように、人骨が出たあたりが、昔、村の墓地だったかどうかがわかればいいんだ」

「ねえ、ポテトチップス何味？」

「明日！」

「ケチ！」

　こうした探し物をするとき、雫のダウジング能力を使えないのは非常に痛い。しかしひとたび拗《す》ねた雫をなだめすかして使うのは至難の業《わざ》なので放っておく。

　雫のダウジング能力は高性能だ。僕自身は物を失くさない性質《たち》なので普段雫の世話になることはないが、母が生きていた頃は、仕事で使うペンライトやボールペンを失くすたび、母は雫に訊ねていた。

　雫は、母の勤務する病院に行ったこともないのに、「今日担当した○号室の患者さんのベッドの下に落ちてるよ」とか、「師長さんが持ってるよ」と答えていた。母の頼みならばと素直に言うことを聞いていた頃が懐かしい。今ではすっかりひねくれてしまった。

　それにしても、そんな能力、よく考えると不気味だ。だが雫本人の性格は暗くないし、いつも無邪気であるため、周囲もなんとなく受け入れてしまうのがまた不思議だ。学校では人気者で、失せもの探し係を率先して担《にな》っているらしい。要するに外面《そとづら》がいいということか。

　とはいえ、小学生のとき、女子のリコーダーがなくなった際は、流石《さすが》に青い顔をしていた。犯人は学年主任だと打ち明けられた母は、非常に困惑していた。

一般的な人間にはない特殊な力は、使いどころが多く便利なのだが、なんでもわかってしまうのも少々考えものである。外面はいいのに実は人見知りが激しいのは、この能力のせいかもしれない。雫は「便利な能力でラッキー」としか思っていないようだが、人格形成に悪影響を及ぼす能力だと僕は思う。

「シズだとすぐに見つけることでも、僕だと時間がかかるよ」

と言うと、雫は満更でもなさそうな顔をした。ちょっと機嫌を直したに違いない。

今回、人骨が見つかったエリアが寺領である証拠があれば、それを斉藤にコピーしてあげれば、対応は完了する。斉藤を見たときは厄介《やっかい》そうな話かと思ったが、存外簡単な話だった。

この一カ月、通夜葬式、初七日といった法要をこなしながら、同時進行で財産調査や換価、休みなくやってくる訪問者の対応をしてきた。こなすのもずいぶん慣れてきたものだ。専門家ではないので、骨董《こっとう》の鑑定をしてほしいとか、測量をしてほしいといった頼みを引き受けることはできないが、力技でなんとかなりそうであれば、それなりに解決に導いていると思う。

「じいさんの資料は膨大すぎるな。どうしたものか……」

僕が困れば困るほど、雫は嬉しそうである。

「兄ちゃんは真面目に相手しすぎだって」

「そうかな」

「そうだよ。こんなの手抜きでいいじゃん？」

「別に真面目にやってるつもりなんてない。でも手抜きするのは別問題じゃないか？　僕は、祖父のことは好きじゃない。だが、祖父を頼ってくる人までないがしろにする理由はない」

僕たちは面識のない祖父の代襲相続人だ。祖父には遺産があり、娘である母が先に死んでいるため、祖父からみて孫にあたる僕たちが相続するというものだ。

僕だって、自分が相続放棄をするのならば、対応せずにすべて放置していたと思う。実際、そうするつもりだった。

相続したのは、僕と雫以外には相続人がおらず、放棄しても不動産からは逃れられないせいだ。雫ひとりの実務能力では到底処分できないし（年齢的にも）、どのみち関わることになるのなら、僕が処分できるほうがいい。そう思って相続した。

そして、ここに来た。

ここに来て以来、祖父を頼って、客が押し寄せてくる。祖父の死を伝えると皆無念そうだ。だが僕の姿を見て、嬉しそうな顔をする。まあお孫さんなのねと喜ばれるたび、本意ではないのに遺産を継いだという後ろめたさが過《よぎ》る。遺産が多すぎたせいもある。処分できないことの面倒臭さと、知りたいことへの欲求、僕の目的はそれだけだったはずなのに、この罪悪感を無視できない。

そういった経緯で、客に対応するようになった。今は、祖父を頼ってくる人たちに、できるだけ誠実に応《こた》えたいと思う。力不足でやむを得ないのと、何もしないのとは違うとも思う。

遺産という報酬《ほうしゅう》がなければ対応しないのかというのも、自分の中では少し違う。権利があるのなら義務も当然あるだろうと考えただけだ。毒を食らわば皿までというか、まあ、清濁併《せいだくあわ》せ呑《の》むというものだ。そういう性分なのだ。

「それが真面目っていうか……融通《ゆうずう》がきかないっていうか……かたくなっていうか……頑固者っていうか……馬鹿《ばか》正直っていうか……堅物っていうか……偏屈っていうか……」

雫はぶつくさ言っている。

「おい、後半は完全に悪口だぞ。ほら、失せもの探しはシズの専売特許なんだから」

あいにく、僕はダウジング能力など持っていない。あったら便利だなと思うことはあるのだが、雫ほど必要としてもいない。たぶん、頻繁に物を失くす雫に神様があらかじめ授けておいてくれたのだ。

「いいこと思いついた。呪文とか詠唱したらかっこよくない？　なんで今まで思いつかなかったんだろ。ねえ、兄ちゃん！　『探索』って英語でなんていうんだっけ？　あ、待って。ドイツ語のほうがかっこいいかな？　いや、ラテン語のほうがいいかな？　ねえ教えてよ」

「ダウジングっていう立派な名称があるだろ」

「ダウジングって名前にはもう飽きた。もっとこう……呪文っぽい長い感じにして！　『なんとかかんとか～、探索！』みたいな。言いたいことわかるでしょ？　そういえば、大学で外国語の授業あるって言ってたじゃん」

　僕が大学で選択している第二外国語は、中国語である。

「日頃ゲームばかりしているくせに、どうして簡単な文章のひとつも思いつかないんだ。自分で勉強しなさい！」

「ケチ！」

　雫はふたたび不機嫌になり、そっぽを向いている。付き合いきれないので放っておくことにする。そのうち不機嫌を忘れ、自《みずか》ら話しかけてくるだろう。三歩歩けば忘れる鳥のようなものなのだ。

書斎には、本棚と積み本、いちばん奥の文机《ふづくえ》にパソコンが一台置いてある。二年前の機種で、埃もかぶっていない。祖父はおそらくあのパソコンを日常的に利用していたのだろう。少し離れたところからじっと見つめる。あれの処遇もそろそろ考えたいところだ。

パソコンの中身を確認するには、パスワードの入力または顔認証が必要だった。似ているといえど、顔認証はさすがに認識してもらえなかった。ある意味、僕はほっとした。人間よりも機械のほうが優れているではないか。

パスワードはわからない。一応、パスワードを忘れたときのためのヒントが設定されていた。クエッションマークのアイコンをクリックしたところ、『記念日』と表示された。年月日または月日の数字が入るに違いない。祖父が設定した『記念日』と思《おぼ》しき数字を、手当たり次第入力することにした。

戸籍で初めて知った祖父の誕生日、母を産んですぐ死んだ祖母リョウの誕生日、祖父母の婚姻日、娘の沙穂の誕生日、僕の誕生日、雫の誕生日、祖父が所有していた車の初度登録年月日までも西暦と和暦で入力してみたが、それらはパスワードではなかった。

パソコンには祖父のプライバシーが入っていると容易に推認できる。ならば、開けずに処分するのが故人のためだろうか。処分の方法を考えあぐねているもののひとつだ。

「この棚が古い地理関係でーす、兄ちゃん」

いつの間にか少し機嫌を直した雫が、棚からファイルを一冊抜いた。不機嫌でいることに飽きたのだろう。彼は生粋《きっすい》の飽き性なのだ。飽きるまで根気よく待てば、それまでの出来事はおおむね忘れている。お得な性格だと思う。悪い意味ではなく良い意味だ。僕はいつまでも根に持つ性格なので、時々雫が羨《うらや》ましい。

ファイルを受け取って開く。古地図がファイリングされていた。年代ごとに写しがとられ、鉛筆で細かく書き込みされている。その筆跡を眺めていると、研究がどうこうというよりも、純粋に楽しんでいるように見える。字は生々しい痕跡だと思う。祖父の字は、几《き》帳面《ちょうめん》な性格を反映している。

斉藤に伝えるべき、該当するエリアの地図は、残念ながら見当たらなかった。

「ないなぁ。このC1の8と、C2の1の間だと思うんだけど。他のファイルはある？」

「ないッス」

「探せばあると思うんだけど……これでは、あまりに不完全だな」

村の外れとはいえ、寺のあった場所も村の一部なのに、どうして古地図が見当たらないのだろうか。事情に明るくないが、そういうものなのだろうか。

「もう、コレでよくない？」

膨大な資料の背表紙を眺めていた雫が、てきとうな素振りで一冊を抜いて手渡してきた。なにもかもを投げ出したような様子だ。

「真面目にやりなさい」

「じゃあ兄ちゃん、ひとつ言ってもいい？」

と雫は言った。少し沈黙したのち、僕はできる限り渋い顔で言った。

「ちょっと待て。なんだか嫌な予感がする」

時々、こういうことがある。雫に何かを探してほしいと伝えたのに、想定したものと違うものを示すことだ。探索する対象が曖昧な場合によく起こる。

たとえば家族で寿司《すし》でも食べに行こうと寿司屋を探してもらったとき、なぜか焼き肉屋に案内された。そのときは、雫は食べたいものが違ったのだなと苦笑したが、翌日、周辺の寿司屋で次々食中毒が出たとニュースになった。

頭痛がするので薬箱から鎮痛剤を出してくれるよう頼んだら風邪薬だったときは、しょうがないので自分で鎮痛剤を探して飲んだが、治らないので受診したら結局風邪だった。

ダウジング能力の延長なのか、危機回避能力というのか。僕はこれを『合理的選択』と呼んでいる。

「あのゴリラに必要なのは……古地図じゃないなぁって直感的に思っちゃうんだよね。仕方ないっしょ」

雫本人は、意識しているときと無意識のときがある。今回は、しっかりと意識している らしい。雫はすでに、地図の棚ではなく、書斎の奥のほうへ視線を移している。まるでそ ちらに、今回の目的物があるかのように。

僕が雫の『合理的選択』に嫌な予感を覚える理由は、面倒が深まるからだと思う。僕に は特殊能力はない。これは一般人に備わっている程度の、いわば勘といえよう。

「古地図じゃないって、だったら何なんだ。っていうか古地図でいいだろう。当時の寺領 を確認するだけなんだから」

「こっちこっち」

雫は自分がいったい何を探しているのか、明確にわかっているようだ。

僕は頭を抱えた。

「シズの嗅覚《きゅうかく》さ、田舎に来てから、やたら鋭くなってない?」

「嗅覚ってそんな犬みたいに。第六感……いや、今度から『なんとかかんとか探索』だか ら。やっぱドイツ語に決めた」

「なんでもいいけど」

「田舎の空気が合うのかな?　確かに鋭くなってる気がする。鼻詰まり明けって感じ」

「鼻詰まり明け……。あのさ、シズ。言いたいことはわかるけど、もっと上品な表現はないのか？　兄ちゃん、悲しいぞ」

　雫は僕の苦言を無視し、積み上げられた本を掻《か》き分けるように、書斎の奥に向かう。僕は頭を抱えつつ、雫の背を追いかける。

　結局のところ、雫のダウジングは百発百中だ。

「じゃあそのドイツ語の『なんとか探索』で、ぜひパソコンのパスワードも解いてくれ」

「それは無理だね。じいちゃんが嫌がる」

「じいさん、そのへんにいるのか？　老いぼれめ。死ぬ前に少しは片づけろ」

「いないよ。思い残したことはないみたい」

　雫の言に、僕は押し黙った。祖父には思い残したことはないのか。祖父は本当に、この世に何の未練もないというのか。祖父は僕たちに関心はなかったのだろうか。

　母が事故で死んで二年が経った。母は祖父の反対を押し切って僕を産んだ。そのせいで、唯一の親族であったのに、祖父とはずっと疎遠だった。

　母は持ち前の頑固さと明るさで気丈に振舞っていたが、時々寂しそうだったし、祖父と仲直りがしたいとこぼしたこともあった。僕を産んだことに後悔はないけれど、喜んでほしかったと言っていた。けれど結局、母と祖父の和解はついぞ叶わなかった。

僕は祖父に対し、良い感情を持っていない。母が祖父の言うことを聞き入れていたら僕はこの世にいなかったこと、喜んでもらえなかったということ、生前一度も関わりがなかったことにくわえ、母が死んだと手紙を送ったのに、葬儀にさえ来なかった。

たとえ母を許せなかったにしても、せめて見送りに来てほしかった。そう願うのは勝手だろうか。望まない孫からの手紙なんか、読まずに捨てたのだろうか。そんな風にいろいろ考えてしまい、祖父への悪感情は募るばかりだった。

だが——生者や死者の気持ちを読み取ることを得意とする雫が、祖父を悪く言わない。むしろここに来て、一度も会ったことのない祖父を慕っているようにも思える。それがなおさら腹が立つ。僕ばかり祖父を嫌っているみたいだ。雫の目には、何が映っているというのだろう。

ぶつぶつ言っていると、雫は棚の下段に頭を入れ、さらに奥から古い本箱を取り出した。古びた本が入っている。分厚い和綴《わと》じの冊子は、本箱の底から出てきた。

「これが気になる。いや、これだと思う。ううん……これ以外には、もうない」

雫が得意げに言う。保存状態は良いようだった。受け取って表紙をなぞる。

第六感としかいいようがない。こんな奥まった場所に隠されている本が、今回の事案に関係するだなんて、どう受け止めればいいのやら。僕はため息を吐いた。

「……面倒への扉が開いている気がする」

「清濁併せ呑むんでしょ。ねえ、……これなんて読むの？」

「ちょっとは漢字の勉強をしなさい。『巷説《こうせつ》山埜《やまの》風土《ふうど》夜話《やわ》』。筆者は……直江槙《まき》。じいさんが書いたものらしい。初めて見る本だ。小説か。ボツ？」

　僕は、祖父が郷土史にまつわる本を書いていたとは知っていた。母が、市販されている祖父の本をすべて集めていたからだ。しかし小説を書いていたなんていま初めて知った。表紙にバツ印が書かれているところを見るに、ボツ原稿なのだろう。

　僕はその表紙をめくった。

四

『ここにある小話集は、山埜村の村民より聞いた恐ろしい話を、あらためて記録したものである。ただし、真偽のほどは定かでない』

＊

『山ノの天狗《てんぐ》』


山ノには天狗が出る。

天狗は、山伏《やまぶし》の恰好をしている。赤ら顔で、鼻が高い。朱色の頭襟《ときん》。高下駄を履いて、自由自在に飛び回り、大きな羽団扇《うちわ》でつむじ風を巻き起こし、人間を切り刻む。黄昏時《たそがれどき》、子どもはひとりでいてはいけない。誘拐され、骨まで喰《く》われてしまうからだ。


縁日の端っこに、紅白の幕がかかった簡素な舞台があった。舞台上では、天狗に扮する男と河童《かっぱ》に扮する男が戦っていた。天狗は高下駄でふらふらしながら、羽の扇《おうぎ》をあおいで風を起こす真似《まね》をする。河童は皿の水を天狗に向けて撒《ま》いている。

周囲を取り巻く大勢の観客は、争う妖怪たちを見て、大人も子どもも皆笑っている。だが私は恐怖に身がすくみ、傍《かたわ》らにいた忠吉《ちゅうきち》の着物の袖《そで》をつかんだ。

「どうした末《すえ》坊、ほらみろ。滑稽《こっけい》だなあ」

私は天狗が嫌いだった。幼い頃から、悪い子のもとには天狗が来るし鬼も来ると親に脅《おど》されつづけた。どちらも嫌いだったが、父が天狗の真似をして咆哮《ほうこう》をあげるから、天狗のほうがより嫌いだった。

山埜村には天狗が出る。木々のあいだを飛び回り、ひとりで歩いている子どもをさらい、ねぐらに帰って食べてしまうのだ。子どもの肉はやわらかく、ごちそうだという。思い出すたび、ぞっとした。

縁日の帰り道は足が痛くなり、忠吉が背負ってくれた。

「忠吉兄ちゃん、天狗って何なの」

「天狗っていうのはなあ、山の化け物とか、山の神様とかいわれているな。なんだ末坊、怖かったか」

「怖くないよ」

と強がりを言うが、今日見た化け物の姿はなかなか頭から離れない。

「むかし清《しん》の国で、星が降ったときのことを天狗といったんだ。咆哮をあげながら天を駆ける狗《いぬ》に見えたんだ。わかるかい。彗星《すいせい》だ、お星さまのことだよ」

暮れなずむ空に一番星が浮かんでいた。忠吉はその星を示す。

忠吉は実兄ではなく、近所に住む夫婦の片割れだ。夫婦は、町で産院をしていたらしい。いつからか村に移住してきて、事情により親元を離れざるを得なくなった嬰児《えいじ》を預かり、代わりに育てる仕事をしていた。

家の中で末っ子だった私は、弟妹という存在に憧れていた。それゆえ家の仕事を放り出し、忠吉の家で小さな子どもと遊ぶこともしばしばだった。

「流れ星なら、怖くないだろう?」

自分の兄たちだったら、怖がりの自分を笑って、もっと怖がらせようとする。だが忠吉は優しい。とても良い人だった。

「うん。怖くないよ」

じきに私の家に到着した。母が出てきた。

「末坊、あんたどこ行ってたんだい」

「縁日で会ったんで、連れて帰ってきました」

「ごめんねえ、忠吉さん。……トヨの具合はどうだい」

母が訊ねると、忠吉は切なそうに首を横に振った。

忠吉の妻はトヨという。その頃、トヨは病のために臥《ふ》せっていた。

「そんなに悪いのかい」

私は忠吉の家で、床に横たわっているトヨを見たことがある。幼い頃は具合が悪そうだとしかわからなかったが、のちに思い返してみると、悪液質で顔貌が変わり、日に日に土《つち》気《け》色の顔色をしていった。治る見込みは薄かっただろう。忠吉は諦《あきら》めたように微笑《ほほえ》んだ。

「村の春を見せてあげたいんだけどなあ」

春になると山桜が咲く。気温も上がり、村でいちばん良い季節になる。だが、暗に予想していたとおり、忠吉の願いは叶わなかった。トヨは春を待たずに死んでしまったのだ。

トヨが死んで一年ほど経った頃、私は久しぶりに忠吉の家に行った。

「忠吉兄ちゃん」

裏の戸口のところに立って呼んだ。夫婦で育てていた子どもたちは皆いなくなっていた。トヨがいなければ、面倒を見られないからだろう。部屋の暗がりから、忠吉の声が聞こえた。暗がりにいるらしい。近づいてくる音がする。

「おお、末坊じゃないか。どうしたんだ」

明るい声だった。私はもじもじしながら言った。

「聞いてよ。妹ができたんだよ。だからお世話でこれなかったんだ。兄ちゃんになったんだからしっかりしなきゃって」

「偉いなあ。よかったなあ」

闇《やみ》の中から、奇妙なにおいがした。なんとなく踏み込んではいけない気がして、戸口に立ったまま、私は忠吉と会話をした。

「これ、あげようか」

忠吉の姿は見えないが、忠吉が私のほうに何かを差し出していた。目を凝らしてみると、華やかな反物《たんもの》だった。

「どうしたん、それ」

煌《きら》びやかな刺繍《ししゅう》がほどこされた素晴らしい反物だ。目が眩《くら》みそうだ。

「買ったんだよ。妹ができた祝いに、これをあげようか」

私は怖気《おじけ》づいた。

「……いらないよ。母ちゃんに怒られる」

「遠慮することはない。こっちはどうだい」

忠吉は、舶来品だと言って小さな木箱を渡そうとしてきた。私にはその木箱がなぜかとても恐ろしく感じた。受け取る手が震え、土間に取り落とした。手を伸ばして拾うことはできなかった。

「どうしたんだい、お金はいらないよ。商売がうまくいっているんだ。さあ、こっちにおいで」

木箱は私の足元に落ちたまま、忠吉は闇から出てこない。帰るとも言わず、私はその場を駆け出した。だが奇妙なにおいは、いつまでも鼻に残っている感じがした。

それからひと月ほど経った、ある夕刻のことだった。

忠吉がいなくなったと聞いた。村人皆で集まって、山の浅いところを探すうち、ひとりきりになった。ひとりになることは、私にとって恐怖そのものだ。日暮れに近づきつつあった。山は朱色の光に染まる。物悲しいような時間帯に、子どもはひとりになってはいけない。なぜなら……。

茂みが揺れる音がした。蛇か鹿か、兎《うさぎ》、猪《いのしし》、猿かもしれない。誰かがいる。人の形をしている。

「忠吉兄ちゃん！」

私は茂みに向かって声を掛けた。茂みの向こうは木漏れ日と闇が混ざり合っている。影が揺れる。目を凝らしても誰かわからない黄昏時であった。

不思議と恐怖はなかった。たとえ現れたその男が、山伏の恰好をし、頭襟を被り、羽団扇を持ち、高下駄を履き、赤ら顔の面を被った奇妙な出で立ちだったとしても、背恰好は、私を背負ってくれた忠吉によく似ているではないか。

彼はその小脇に、三歳くらいの子どもを抱えていた。子どもは全身から力が抜け、だらりとしている。

「忠吉兄ちゃん……」

「違う、忠吉じゃあない」

私は近づこうとしたが、天狗姿の男は後ずさっていく。赤ら顔の面は顔の上半分を覆《おお》うもので、唇には赤い液体がべったりとついていた。

「たくさん殺してしまった。たくさんだ。天狗のせいだ。天狗に襲われて、自分もいつの間にか……。もう、人間には戻れないようだ」

忠吉は、天狗に襲われたせいで、自らも人喰い天狗に変わり果ててしまったと項垂《うなだ》れた。天狗の力を得たのと引き換えに、人間ではなくなってしまったのだ。しくしくと泣きながら、やがて闇に溶けていく。私の心のうちは恐怖よりも悲しさに満たされた。

しばらくして山の上から、獣《けもの》の咆哮のような慟哭《どうこく》が聞こえた。

『山ノの天狗　昭和五十年五月　廣川末男《ひろかわすえお》』

五

『巷説山埜風土夜話』には、いくつかの小話が集録されている。一話目の『山ノの天狗』に今回の件が何か関係しているのだと雫が言った。直感的なものらしく、関係性の説明はできないらしい。そこが雫の限界だった。

小説の出来不出来はさておき、内容の不穏さや生臭さは、人骨の出土と何らかの関係があると言われると、妙に納得してしまう。こんなのが出てくるなんて、古地図ひとつでは片づかない。どんどん深まっていきそうなのが引き返せないようで恐ろしい。

「……天狗か。山埜には天狗伝説があったのか」

僕は独り言《ご》ちた。天狗といえば高野山《こうやさん》や鞍馬山《くらまやま》が有名だ。天狗伝説自体はありふれており、全国的に分布している。したがって、山埜村周辺にあったとしてもおかしな話ではない。神聖な山で神通力を得ようとする修験者《しゅげんじゃ》を見紛ったという説も根強い。

天狗を伝説上の生き物としたとき、化け物なのか神様なのかは地域によって扱いが異なる。悪事を行うタイプの伝承もあれば、悪人に懲罰《ちょうばつ》を与えるタイプもある。人の子をさらうといった話も珍しくない。むしろ、神隠しの原因といわれる場合もある。『天狗になる』という慣用句は、高慢になることだ。由来には諸説あるが、人外の力を持っているからこそ高慢になるのだろう。

山埜村にそのような伝承があったことは知らなかったが、地元では有名だろうから、調べれば出てくるはずだ。

「忠吉が人の子をさらって喰った。それが今回の人骨ってことか？　まさか。嬰児殺しはともかく、それが天狗のせいなんて」

信じられないので苦笑したが、雫は眉を寄せ、神妙な顔をしている。

「よくわからないけど……なんだか、哀しい話だ」

時々、こういう顔をする。幼い頃から、こういう顔をするときはいつも大人びて見えた。大人びて見えるのに、小さな子どもにするみたいに寄り添いたくなる。

「事実だとしたら哀れだな」

喰われた子は可哀相だが、忠吉も気の毒だ。伴侶《はんりょ》を失い、天狗に襲われて自身も天狗に変わり果て、人間ではなくなりつつも、この末男という少年を見逃した。そういう話だ。見逃したのは、天狗になったとしても人の心が残っていた証拠だろうと受け止められる。人間ではなくなったと言い、しくしく泣きながら山に消えたというのも切ない。

「この廣川さん、芳名帳に名前があったね」

「そういえば、そうだな」

雫に指摘されて、僕も思い出した。葬儀のときに参列者に書いてもらう芳名帳。あれに、住所と名前があったのだ。祖父はこの廣川なる人物に山埜村の伝承について話を聞き、それを小説として遺したのだろう。山埜村出身者というのだから、ずいぶんとご高齢に違いない。

「山埜村って、いろんな話があるねえ」

「広いからな」

山埜山地は広い山系であり、様々な伝承に事欠かないだろう。だからこそ祖父は、長年研究に没頭していたのだ。

僕たちは揃《そろ》って書架を見上げた。途方もない量の書物が所狭しと並んでいる。たくさんの書物、文机に置き去りになっていた老眼鏡、使い込まれた万年筆、短くなった鉛筆、消しゴムのカス、そういったものたちから、学者肌で堅物で頑固だった祖父が容易に想像できる。僕にそっくりだという祖父。僕は母方の隔世遺伝をしたのだ。祖父とは背恰好も似ている。

背は百七十センチくらい、痩身白皙《そうしんはくせき》。背筋が伸び、他人を見透かすような雰囲気をした、色素の薄い瞳。気難しそうで、無表情の仏頂面《ぶっちょうづら》。遺影にするために祖父の写真を眺めていたとき、自分の未来の写真かと思ったほどだ。

雫は母親に似ているため、祖父の面影は感じない。雫はそれを残念がっていたが、僕としては祖父と自分が似すぎているせいで、遺影選びは本当に不気味な作業だった。自分の葬式の準備をしているみたいに思えた。ちなみに葬儀の席では、「直江先生が生き返った⁉」と言われて大騒ぎだった。おかげで、どんなに疎遠で誰も僕たちを知らなくても、親族であることを疑われはしなかったのだが。

「俺、じいちゃんが生きていたら、兄ちゃんと気が合ったと思うんだけど」

雫はにやりと笑った。

「そうかな」

そもそも祖父が生きていたら、僕も雫も、祖父には関わらなかった。気が合うか合わないかどころの話ではない。祖父の人生と僕の人生は、一度も交わらなかった。祖父が拒んだからだ。祖父が死んだからこそ、こうして相続人として祖父の軌跡をなぞっている。

経済学部の僕は、同じ文系だとしても、これまでこの分野には興味を抱かなかった。祖父の死こそが僕たちをここに呼び寄せた。だから雫の唱える仮定は実現性がない。拒まれなかったら、どうなっていたというのだろう。そんな想像はできない。感情が許さない。

僕は母以外に望まれて産まれてはいない。同じく雫も、母と僕以外に望まれて産まれていない。とはいえ、僕たちは、それらの事情がコンプレックスになったり、心を蝕《むしば》んでいたりはしていない。母がそんな風に僕たち兄弟を育てなかったからだ。

認知もされていないので父親の欄は空白だが、そんなのだって些事《さじ》に過ぎない。自分のルーツを知りたいとすらも思わない。あの母親から生まれたというだけで僕は十分だった。来し方よりも行く末を大切にするというのが信条だ。どうせ人間なんて遡《さかのぼ》ればチンパンジーであるし、さらに遡れば、みんな海から生まれた。そう思っている。

それでも、祖父のことは嫌いだ。

「すべては済んだことだ。この本の山も、そのうち片づけよう」

僕は『巷説山埜風土夜話』を閉じた。とはいえ、『山ノの天狗』の話を、斉藤にどう伝えればいいものだろう。出土した人骨は、天狗に喰われた子どもの骨です。……到底信じがたい、非現実的な話である。他に資料があればいいのだけれど。

「そうか、過去の新聞を調べるか。天狗がどうとか、食べられたかどうかはともかく、子どもが何十人もいなくなったなんて、大きな事件だ。記事があるんじゃないかな。なあ、シズ」

僕は思いついて雫を振り返った。雫はいつの間にかうたたねをしていた。どうやら本当に体力が尽きたとみえる。

書斎は埃をかぶった本だらけで空気が悪いし、床は硬いから体が痛くなる。雫はひとたび眠ったらちょっとやそっとでは起きない。動かさなければならないが、自分よりも大きな体になりつつある雫を寝室に運ぶのはひと苦労だ。しかしせっかく寝たのに起こすのも可哀相で、僕は雫を必死になって運ぶことになるのだ。

六

翌日。午前十時に家の電話が鳴った。

「はい、直江です」

『先生、斉藤です』

祖父は死んだが、もう訂正する気にもなれない。

「あー、まだちょっと調べているんですが……」

真相と思われる出来事を伝えるべきかどうか悩んだ。山埜夜話以外に、裏付ける資料がないからだ。口ごもっていると、斉藤が言った。

『いえいえ、いいんです。実はですね、今朝、人骨の出土がニュースになりましてね』

「大丈夫なんですか」

『ええ、実は、ニュースを見た視聴者の何人かから、有力な情報が入ったんですわ。というのがですね、出土した場所は、当時、村じゃなく山の中だったそうです。そして、もしかしたら、昔、旧山埜村で起きた事件でずっと行方不明になっていた遺体じゃあないかと』

「……それは……人さらいの事件ですか」

『さすが先生。よくご存じで』

「ええ、まあ」

『むかしここでは、乳幼児の大量殺人事件があったそうなんですわ』

斉藤は、忠吉事件を簡単に説明した。おおむね、祖父の遺した天狗話と同じ内容だが、続きがあった。

山に逃げた天狗に扮する怪しい男を巡査が追い、捕まえたのだ。当然、捕まったのは、忠吉だった。忠吉は取り調べを受け、あるとき山を歩いていたら天狗に襲われて体を乗っ取られたようになり、それ以来、巡査に捕まるまでの間、養育費目当てに子どもを預かっては喰っていたと自白したのだった。トヨが死んだ後から、子どもを預かっては殺していたのだ。

町では、忠吉に子どもを預けたという人が殺到した。だが忠吉の家には、子どもなどひとりも残っていなかった。証言を裏付けるように、忠吉の自宅からは血まみれの山伏の服装一式が出てきたものの、遺体も遺骨も、ひとりも出てこなかった。天狗姿で捕まったときも、抱えていたはずの子どもはどこかに消えていた。

自白したことで、忠吉は死罪になった。子どもの行方は判明しないまま、忠吉は死んだ。百年近く経った今、遺体が出てきた。人骨の出土は、謎めいた事件の発生ではなく、未解決だった事件の解決なのだ。斉藤に言わせると、これで間違いないらしい。

『今後は、遺骨の引き取り手が見つからなければ文科省ですわ。予想していたのとは違う結論でしたが、今回もご協力ありがとうございました。また近いうちに寄らせていただきますんで！』

「いえ、こちらこそ、どうも」

僕は受話器を置いた。いつの間にか隣には寝起きの雫がぼんやり立っていた。

「ゴリラ？」

「斉藤さん。解決したみたいだ。ほとんど考えていたとおりだけど……」

「そっか。じゃあ、いいんじゃない？」

「そうだろうか」

いいのだろうか。一件落着だろうか。念のため新聞記事を調べるつもりだったが、斉藤が解決だと言うのならば、解決だろうか。

「兄ちゃんはいつも考えすぎなんだよ」

「シズはもう少し考えすぎてほしい」

「う……」

胸を押さえて辛《つら》そうにしている。心の痛みを表現しているのかもしれないが、それも三る。

歩歩いて忘れたようだ。頭をがりがり掻きながら台所に入っていった。また髪がはねてい
忠吉事件は、山埜夜話の『山ノの天狗』と整合する。冒頭にあるとおり、あの小話集は、
実際の事件をもとに、祖父が少年の記憶を書き起こした小説だ。
ただ、自分の中で裏付けができていないことと、古地図がないことが少しだけ引っかか
る。長年この地を調べていた祖父は、旧山埜村の全容を調べたはずだ。だがその痕跡が、
あろうことか、人骨の出土した周辺に関してのみ存在しない。小説を書いたのに、当然あ
るべき現地の情報がない。想像の地図があってもおかしくないのに、それすらもない。
祖父はどんな人間だろう。周囲から聞こえてくる情報だけが、祖父の人物像を把握する
手掛かりだ。僕は祖父の性格を知らない。だが、祖父に限らず、ひとりの研究者と考えた
とき、歴史に葬《ほうむ》り去られた謎を見つけたら、真実に向け、探求しないだろうか。ましてや
創作までするほどなのに。
雫はこれでいいと言った。だが僕はまだ雫と同じ結論には至れない。気になったら本能
に逆らえないのだ。
僕はそのまま玄関に向かった。
「ちょっと出てくる。昼は外で食べる」

台所から雫が呼び掛けてくる。

「待って兄ちゃん！　夕飯までには戻るー？　なにがいいー？」

雫が中学生になった頃から、朝食と昼食は僕が作る決まりで、夕食は雫が作る決まりだ。

「そうめん」

と答え、僕は家を出た。

七

図書館に着いたのは、午前十時半のことだ。しまった、雫を連れてくるべきだった。雫に過去の新聞記事を探してもらったほうが圧倒的に効率がいいのだが、後悔しても遅い。

雫を取りに戻るのも面倒なので、自分で記事を探すことにした。自分が納得するために裏付けをしたいだけなので、時間がかかってもいい。そう割り切る。

過去の新聞記事は、マイクロフィルム化されていた。受付で日にちを伝えなければならない。日にちといったって、確定できない。

やはり雫を取りに戻ろうか、と思いながら図書館内を歩いていると、インターネットの検索システムがあった。図書館は本当に空いていて、パソコンは五台あるのに全部あいている。うち一機の丸椅子《いす》に座り、検索窓に『天狗伝説』と打ち込んだ。

スクロールしてページを眺めるうち、山埜村周辺に天狗伝説があったのを確認できた。山埜山系のうちのひとつに天狗の棲《す》む山があるらしい。頂上に神社があるそうだ。峠《とうげ》を越そうとする旅人に襲い掛かったり荷を奪ったりする化け物だった。機会があれば行ってもいいかと考えたが、登山になると書いてあったのでやめておく。

さらに、検索窓に『乳幼児殺し』と打ち込んだ。いくつかの有名な事件に隠れてしまい、山埜村で起こったという事件は見つけられなかった。痛ましい内容ではあるが、ありがちな事件だからか。『嬰児殺し』でも調べる。殺されたのは嬰児だけではないが、よくある通称だ。だがそれでも見つからなかった。

パソコンを離れ、新聞のコーナーにやってきた。手に取ったのは、本日付けの地元の新聞だ。一面、二面、三面……。本当に小さな記事だったが、人骨の出土が載っていた。

『昭和の乳幼児大量殺人事件？　人骨見つかる』

そこには斉藤が言っていたとおりの内容が載っていた。詳しく載っている。どうやら忠吉の事件は、昭和七年の出来事らしい。日付も載っていたので、マイクロフィルムを調べることもできた。

結果として、おおむね斉藤が言っていたとおりだったが、少し違った。忠吉が天狗の恰好をしていたことは新聞には出ていなかった。巡査が職務質問をしたところ、忠吉は長年の嬰児殺しを自白した。そして遺体は見つからない。死罪になったという顚末《てんまつ》も、見つけられなかった。

（祖父は、廣川末男は、忠吉を糾弾《きゅうだん》したかったのだろうか？）

小話『山ノの天狗』を読む限りは、その場に居合わせた少年の視点で忠吉を断罪しようとした、という意図は感じられない。むしろ悲哀の物語だと感じる。

末男にとって、忠吉は優しいお兄さんだった。だが、トヨの死という一大事を経《へ》て、忠吉は天狗という化け物に変わってしまった。そういう話だ。

だが忠吉は最後に、末男を見逃す。末男はまだ幼く、天狗のごちそうである幼子の肉だ。山ノの天狗の本能が子を喰らうことであれば、忠吉は末男を喰らってしまってもおかしくない。しかしふたりには絆《きずな》があった。だから忠吉は末男に手を掛けなかった。天狗と変化しつつある忠吉に僅《わず》かに残された人間としての感情が、居合わせた末男を生かした。祖父はその悲哀を書いた。そう感じる。

忠吉が大量の子を殺したのは、天狗になったせいだ。すべては天狗のせいだ。『山ノの天狗』は、末男がせめて忠吉の汚名を雪《そそ》ぐために祖父に語った、忠吉事件の裏側、真実の物語なのだ……と、これを読む人はそう思うのではないか。

ならば『巷説山埜風土夜話』をボツにしたのは、どうしてなのだろう。人骨が見つかったときのためには、この話を世に出さないといけないのに。

八

夕方には雲がかかった。湿度の高い風が吹いている。一雨きそうだ。

ある家の門を入り、玄関を箒で払っていた背の曲がった老女に声を掛ける。

「すみません。廣川末男さんはいらっしゃいますか」

「あら、こんにちは。お兄さーん、槇さんのお孫さんがいらっしゃいましたよ」

アポイントメントは取っていなかったが、老女は僕を見るなり直江槇の孫と言い当てた。きびきび歩いていく彼女の背についていく。

日中、図書館で新聞記事を読み、ある推論に思い至り、そのことを確かめるためにここに来た。

裏にはもうひとつ家があり、和風建築の広縁に、二人用の応接セットが置いてあった。そこに老人男性が座っていた。相当お年を召しているようだ。白いポロシャツにグレーのスラックス、白い靴下をはき、きちんとしている印象だった。

「こんにちは。直江晶です。突然お邪魔して申し訳ありません」

廣川は僕を見て少し笑った。

「こんにちは。どうぞ、あがってください。本当に、おじいさまに似ていらっしゃる」

「よく言われます。葬儀に参列してくださって、ありがとうございました」

「この度はご愁傷様でございました。どうぞ、お掛けください。お茶にしますか、コーヒーになさいますか」

「いえ、お構いなく」

彼を兄と呼んだ女性は、ゆっくりと奥に消えた。しばらくして、奥のほうから茶器の音と、茶の香が漂ってきた。

僕は彼に訊ねた。

「実は、祖父が遺した『山ノの天狗』を読んで、お聞きしたいことがあるんです。末坊というのが、廣川末男さんだと書いてありましたので……」

山埜夜話を読んだとき、祖父の葬式の芳名帳に、その名前があったと思い出した。たくさんの人が来たので、顔は覚えていなかったのだが、会ったらわかった。相当ご高齢の方がいたことは覚えている。

廣川はこっくりと頷いた。

「失礼がありましたらお許しください。山奥ダムで見つかった人骨について、今朝警察に情報を寄せたのは、廣川さんですね」

「違いありません」

「そんなこともありましたかな。新しいことは、ちっとも覚えていなくて」

「……僕は祖父と会ったことがありません。しかし、祖父はあまり非現実的な事象は信じない人間だと思っています。民俗学なら妖怪話はいくらでも出てくるのに、伝承のはずの天狗話をただの小説という形で残したのは——どう思われますか」

僕は『山ノの天狗』について、祖父が遺した形式に違和感があった。

山埜には天狗伝説がある。それ自体は間違いがない。だが、祖父のこれまでの著作には、山埜の天狗伝説を深く掘り下げた話はなかった。

もし『巷説山埜風土夜話』のような、天狗に襲われて天狗に変わる人間といった吸血鬼のようなエピソードがあるのならば、もっと探求しても不思議はない。だが、それは存在しなかった。祖父にとっての『天狗』は、あくまで小説という形、しかもボツ原稿にする程度のものだ。

なぜ、論文とか研究の成果として発表せず、小説なのか。それは、祖父にとって内容が虚偽だからだと僕は考えた。

つまり、たとえば人骨が見つかったときのために、忠吉と天狗を結びつける話をでっちあげた。でっちあげだから発表はできない。それが真相ではないかと仮説を立てた。

祖父の本はすべて読んだ。天狗話が書かれているのは、やはりあの山埜夜話だけだった。嘘を吐いた語り手と、嘘と知って遺した祖父。そこにどんな密約があったのかはわからない。

ボツにした理由もまだわからない。

「念のため、人骨が出土したあたりの古地図を調べようとしましたが、郷土資料館にもありませんでした。なので、古い土地台帳を調べました。そうしたらわかりました。人骨が見つかった土地は寺領です。山中というのは嘘で、土地は寺の墓地に間違いありません」

人骨は、墓地のものだった。水没移転の際に取り残された骨だった。忠吉事件のものではない。よく調べると寺の墓地は二カ所あり、うちひとつが人骨の出土場所だった。

「さようですか」

「誰の墓地なのかは知りませんが……たとえば、推測でしかありませんが、あの墓地は、無縁仏のものだったのではないですか。当時は投げ込み寺というのもありました。いつか見つかったら、子どもたちの遺体だと言うために、墓石だけ移動させたのではないでしょうか」

十基以上ある墓石を移動するには、大勢の力が必要だ。墓石を移動させ、墓地を墓地でなくすには、人力が必要なのだ。では人手はどう集めるか。くわえて、これほど大それた計画は隠れては行えない。これらの条件をクリアできるのは村人に違いないと気づいた。ならば、動機も村人にあるはずだ。

「郷土資料館で、当時の人口集計資料を閲覧《えつらん》しました。すると、トヨが死に、忠吉が捕まるまでの間のみ、村の人口の増加率が通年よりも高いんです。まあ、詳細ははっきりしませんし、誤差の範囲かもしれませんが……例年より二十人以上も、です」

郷土資料館の館長は葬儀に来た人だ。本を寄贈したこともあり、僕とも顔見知りである。直江槙の孫という理由でとてもよくしてくれる。貴重な資料も惜しげもなく見せてくれた。閉架にまで案内してくれた。

調査をしていることは言わなかった。おそらく資料館の館長も、この件の何らかに関わっている。これほど直接証拠を失わせるためには、祖父だけでは処理できない。村に関わる仕事をしている人物皆の口裏を合わせる必要があるのだ。なんなら新聞社の社員でさえも。

祖父も、怪異譚《たん》である『巷説山埜風土夜話』も、村人も、館長も廣川も、きっと何かを隠している。

僕は言った。

「忠吉は子どもを殺していなかったというのが、僕の結論です。実は預かった子どもたちは死んでおらず、こっそり村人に横流ししていた。そして村人は、子を実の親に返したくなかった。そこで子どもは全員死んだことにし、忠吉に天狗伝説とともにすべての罪を被ってもらった……。いかがでしょうか」

本来であれば、天狗伝説も、忠吉事件も、出土した人骨も、すべてまったく無関係なのだ。証拠が少ないことを奇貨として、『誰か』が無理矢理、結びつけることにしただけだ。『誰か』というのは、村人しかいない。

村人の動機は何だろう。原因は何だろう。推察するためには、結果として失われたものは何かを考えてみる。

なくなったのは『何』か。

事件の概要を読むに、それは『大勢の子どもの命』だ。

当時、子どもの遺体が見つかったという情報は出ていない。子どもの行方はわからないままだった。長い時を経て、子どもとみられる人骨が見つかった。そう納得させられそうになった。だが人骨は寺領にあり、そこは墓地だった。だったら子どもは生死不明、行方不明のままだ。

つまりなくなったのは、単に『大勢の子ども』となる。命までは失われていない。

そして増えた人口。目的は不明だが、忠吉が外から子どもを調達し、村人に横流ししていたことは間違いないだろう。手掛かりは少ないが、事実はわかった。

だが、忠吉がなぜ死罪を受け入れたのかはわからない。忠吉は、村人に対し負い目があったのだろうか。死罪と引き換えにせざるを得ない何かがあったとしか考えられない。または何らかの手段で忠吉の口封じをし、自白させて罪を着せた……。

トヨの死に何か関係しているのだろうか。たとえば忠吉がトヨを殺し、それを村人がかばったとか。忠吉が人さらいをしていて、村人はその尻ぬぐいをしたとか。そういえば、何のために子どもはいなくなったのだろう。子どもをさらい、いったい何をしていたんだ。

廣川さんの妹が殊更《ことさら》ゆっくりと茶を運んできた。

礼を言って頭を下げ、彼女が去っていくのを見届け、ふたりで茶を飲む。なんだか、長い時間こうしているような気がした。むかしからの知り合いのようだ。

「声が特に似ていますね」

廣川さんが言った。

「見た目のみならず、声まで似ていますか……」

二十年以上前から祖父を知っている斉藤が、若返った祖父と評するほどだったから、僕と祖父はなにもかも相当似ているのだろう。

「見た目は、あなたのほうが、真面目そうですよ。沙穂さんの面差しがある。沙穂さんは負けん気が強くてね、リョウさんの血筋でしょう。槇くんは、もっといたずらで、ひょうきんなお人でした。目元に笑いじわがあるんです」

リョウというのは僕の祖母だ。つまり祖父の妻だ。

廣川さんは遠くを見ながら言った。

「さっきのあれは妹ですが、私と妹は似ておらんでしょう。妹は養子です」

僕は茶を飲む手を止め、彼女が去っていった方向を意識した。話の流れを鑑《かんが》みると、彼女こそが忠吉事件の生き残りに違いないのだ。

今言ったすべては当たったたということか。

「そうでしたか……」

僕は彼らに嘘があると見抜いた。実は人骨は無縁仏、子どもは生きていた。忠吉は、こと嬰児殺しについては冤罪《えんざい》。だから何だというのだ。子を失った親はすでに全員死んでいる。それくらいの時間は経っている。いまさら真実が明らかになったとしても、意味がない。真意はともかく、忠吉は自白した。そして死刑台に消えていった。

事件はすでに終わっている。調べる必要などなかったのだ。

あえていうなら、誰かが何かを隠そうとしたことを不気味に感じただけだ。だいたいの予想がついた段階で、探求するのはやめればよかった。斉藤の件は解決済みなのだから、誰に説明をするでもない。僕はどうしてこんなところにまで来てしまったのだろう。

「すみません、こんな話を。失礼しました」

「まあ、お待ちください」

引き留められ、僕は浮かせた腰をふたたび下ろした。

「トヨさんは豪族の出で、忠吉は農民でしたよ。駆け落ちして町に住んでいたけど、追ってきた親族に見つかってしまって、村に逃げてきたんです。トヨさんは忠吉の子を亡くしてね、ひどく落ち込んだ。子どもが好きで、親の愛情を受けられない子どもを可哀相がって、預かって育てるようになったんです」

廣川のまなざしは遠い過去を映すようだった。

「それが原因のすべてですよ。不義の子が多くてね。子どもが可哀相だった。忠吉が捕まっても、子どもを返してほしいという親はいませんでした。養育費を返せ、送った物資を返せ、そんな声ばかりでした」

「だから、子どもを返さなかったんですか」

「忠吉は、預かるときから、子どもを返すつもりはなかったみたいです。だから順序は違います。そして村の者の誰もが子どもの行方を黙っていた。すると忠吉は死んでいった。だから忠吉の遺志を汲《く》んだんです。親に返さず、子を村で育てようと。対外的には子どもを死んだことにするため、人数分の無縁仏を使って墓石を用意をしました。養子をそれぞれ自分の子として育てていきました。これで真実は闇の中。ただそれだけのことです」

「なるほど」

「本当は、ダム建設のときに掘って骨が見つかると想定していました。皆で嘘の証言をする。用意は万端でした。なのに誰にも見つからず、水底に沈んでしまいました。ならば、ずっと見つからないでくれたらよかったんですけどね。事情を知る者は、もう私だけでしょう。嘘を吐くのに間に合ってよかったのか、どうなんでしょうねえ」

彼は悲しそうに笑い、僕は苦笑した。

「いえ……。警察の人が言うには、何人かから同じ内容の情報提供があったそうです。骨は子どものものだと……。新聞のほうも乳幼児殺しの論調です。まだ、同じ思いでいる人はいるようですよ」

彼は驚いたように目を見開き、瞳を潤ませながら優しく笑った。

さあっと少しだけ雨が降った。静まりかえった庭を黙って眺めているうちに、静かに止んでいった。

九

家に戻ると、エプロン姿の雫が出迎えた。時刻は午後七時を回り、山裾の田舎町はすでに暗くなりつつある。山が西日を遮《さえぎ》るのだ。東の空には星が出ている。

「おかえり、兄ちゃん。雨大丈夫だった？　蒸し暑いけど頑張ってそうめん茹《ゆ》でたよ。だから褒めてほしい。ちなみにゴマ油とポン酢で冷やし中華風。好きでしょ？」

「ただいま。うん、ありがとう」

雫は、なんとなく玄関で立ちすくむ僕に、件《くだん》の顚末を聞こうとはしなかった。きっと僕の後悔を悟っているのだろう。暴く必要のない部分——彼らが必死になって隠そうとした領域に、僕は踏み込んでしまった。僕は興味本位でひっかきまわしたのだ。それでも身勝手ながら自分を慰《なぐさ》められる要素があるとしたら、廣川に仲間がいると伝えられたことくらいか。

僕の気持ちを察してか、雫は話題を変えるように明るく言った。鈍感なようでいて、雫は他者の機微に聡《さと》い。逆に僕はあまり人に気を遣える性格ではなく、つい好奇心のままに踏み込みすぎてしまう。

「そういえば、さっき昼寝したときにさ、夢を見たんだよ」

「……お昼寝ですか？」

「そこは置いといて。でね、じいちゃんの夢見たの。じいちゃんが夢の中に出てきたから無理矢理捕まえたら、『あの日が懐かしい』って言ったんだ。だから『あの日っていつ？』って、日付を訊《き》いてみたの。信じる？　信じない？」

菜箸《さいばし》を片手に得意そうに微笑む雫に、僕は苦笑した。

「仕方ない。信じるよ」

「二月二十七日」

思い当たるところがあり、僕は絶句した。

「どうしたの？」

「……いったい、どういうつもりなんだ……」

祖父が言ったあの日の日付。これの意味するものは、パソコンのパスワードとしかいいようがない。僕たちはパスワードを探していたのだから。

雫はきょとんとしている。

僕は信じられない気持ちでいる。僕に関係する数字だからだ。

「これってパソコンのパスワードだよね？　何の『記念日』なんだろうね。お母さんは四月生まれ、俺は七夕生まれ、兄ちゃんはバレンタイン生まれだし。あえていうなら兄ちゃんの誕生日が一番近い？　あ、兄ちゃん、わかるんだ」

雫は僕の表情を見て気づいたようだった。

「……わかるよ。パソコンのパスワードに違いない」

「じゃあ開けようよ。何か面白いもの入ってるかな？　故人のパソコンなんて見るもんじゃないかもねえ。あはは！」

雫がわざと明るく喋《しゃべ》るのは、僕が辛い思いをしていると気づいたからだ。僕は雫に気を遣わせたくなくて、気を取り直した。

「どうせ扱いに困るものが入っているに決まっているさ。あのじいさんだからな」

「それもそうだね」

二月二十七日に何があったのか、財産調査をするために関係各所に戸籍を提出したから、見覚えがある数字だった。戸籍に載っている数字だ。だが誰の誕生日でもない。婚姻の日でもない。数字は戸籍にしっかり記載されているが、意味のあるものとは思えず、ましてや記念日だなんて思わなかった。だから当然、入力しなかった。

二月二十七日は、母が僕の出生届を提出した日だ。出生届の受取人は、この町の町長と記載されている。この町に僕の本籍があるからだ。

その日の天気を調べれば、きっと大雪だったに違いない。その日は、斉藤が、この家で母に会った日。母が、この家と決別した日だ。なぜそれが祖父の記念日なのかはわからないが……。勘当した記念日だとでも？　母子ともども追い出した日……。

ふと頭を過った。僕の命名者は祖父かもしれない。どうしてそんなことを思いついたのだろう。どのみち確かめる術《すべ》はないというのに。

追い出されたという事実に違いなどないのに。

電話が鳴ったので、玄関をあがって受話器をとった。

「はい、直江です」

『ああ、晶くん。斉藤です』

途端、緊張した。

「……こんばんは」

僕は、斉藤に真実を伝えないと決めていた。忠吉と、村の人たち全員が隠そうとした真実を、胸のうちに仕舞っておく。きっと祖父も、忠吉事件の謎を追ったことがあるはずだ。だが末坊に真実を聞き、どういった事情かは知らないが『山ノの天狗』を書き、真実を隠し、虚構を作り上げた。隠蔽《いんぺい》工作に協力しようとしたのだ。

幸いにして、嘘に苦しむ親はいない。親に捨てられた子を不憫《ふびん》に思い、村人に幸せに育てもらえるように、忠吉は黙って死ぬことにしたのだから。強《し》いていえば墓石のなくなった無縁仏たちは可哀相だが、許してくれると願いたい。

もし斉藤がこの事件に何らかの違和感を覚えているならば、上手《うま》い言い訳を考えなくてはならない。

「いかがしましたか?」

『いや、もう調べていたのならいいんだけどね、ちょっと気になったんで』

「……何か?」

僕は声が上擦《うわず》るのをこらえ、気取らせまいとした。斉藤の用件は、まったく予想外のことだった。

『直江先生の遺産なんだけどさ』

「え、あ、はい? 遺産がどうしましたか」

『直江先生って、そのご自宅だけではなくて、白浜《しらはま》で別荘を貸していたのと、隣の市に貸し駐車場、同じ町内に倉庫があるよ。具体的な住所は知らないけど、何年か前に、蔵書が入りきらなくなってきたんで近所に倉庫を買ったたって言っていたから。晶くんが知っていたらいいけど、もし知らなかったらと思って伝えておきたくて』

僕は絶句した。そんなの全然知らない。家は一通り探したが、契約書も税金を支払った形跡も見つかっていない。どこにあるんだ。これ以上あるのか。

　試算中の相続税額が大きく変わりそうだ。自分で手続きしようと思っていたが、諦めて税理士に依頼しようか。住所がわからない不動産は、名寄帳《なよせ》をとればいいのか。隣接する自治体は三つある。どの自治体だろう。

　とにかく調べないといけないことが一気に増えた。

「……あの人の本、どれだけあるんですか?」

　斉藤は電話越しに苦笑している。

『せっかくだから私設図書館でも作ったらどうだい。はっはっは！　とにかく、不動産は現金一括で買ったって仰《おっしゃ》っていたからさ、借金はないと思うよ。ゆっくり調べたらどうかな?』

　斉藤は『じゃあ、またね』と言って、電話を切った。とりあえず、僕を祖父ではないときちんと認識してくれてよかった……のか?

　隣にはのんきな顔をした雫が立っている。そののんきさに救われるような、そうでもないような。

「ゴリラ?」

「……斉藤さん」

ここに来てもう一カ月。それなのに処分すべきものが新たに見つかり、途方に暮れて何も言えない。いったいいつになったら、自分の家に帰れるのだろうか。ため息を吐きつつ考える。

……まあ、いいか。なんとなく、悪くない気分だから。

夏の記憶

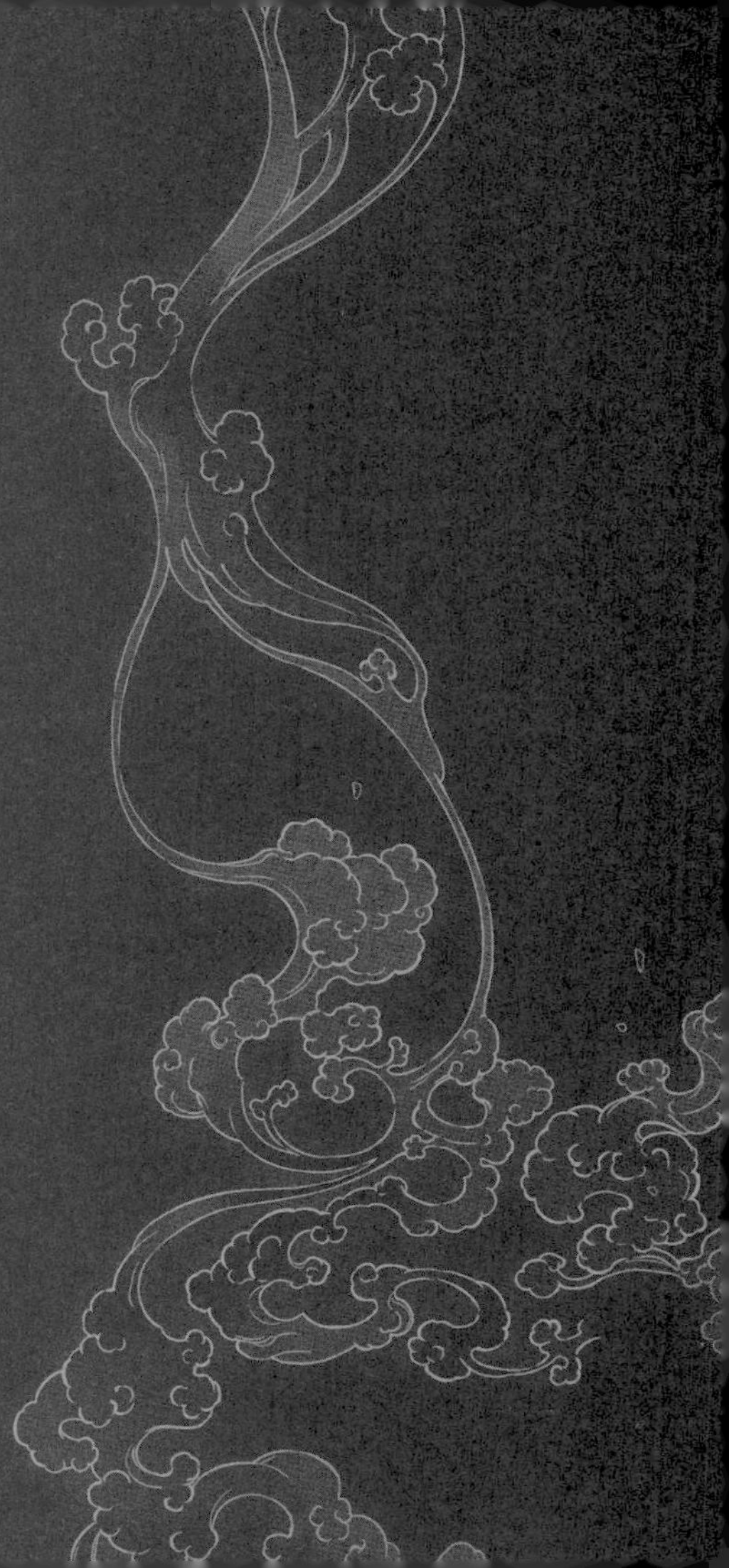

一

「ごめんください」

という声が聞こえた気がした。一気に意識が覚醒し、枕元にある目覚まし時計をすぐさま確認する。時計の針はまもなく五時。部屋の窓は青紫色に染まり、一瞬、朝なのか夜なのかわからなくなる。否《いな》、朝に決まっている。僕は、非常に規則正しい生活を送っているからだ。目覚ましをオフにする。

身を起こし、手近の薄手のパーカーを羽織った。隣の布団では、弟の雫《しずく》が縦横無尽な寝姿でいびきをかいている。おそらく蹴《け》飛ばしても起きないが、うっかり踏まないよう慎重に跨《また》いだ。楽しい夢でも見ているのだろうか。ご機嫌な顔をしている。

廊下に出て、電灯のスイッチを手探りで押したとき、ふと玄関を見てぎょっとした。まだ薄暗い早朝の三和土《たたき》に、人の姿があったのだ。

「ごめんください」

声の主はすでに屋内にいる。僕は慌てて玄関のほうに大股で歩く。廊下がぎしぎし音を立てる。これだから古い家は。

「どちらさまでしょうか」

どうやら昨晩、玄関の施錠《せじょう》を失念していたようだ。雫が渓流釣りから戻ったあと、きちんと確かめておくべきだった。

玄関の電灯のスイッチを押すと、二回ほど瞬《また》いて灯《とも》った。

そこには青年がひとり立っていた。前髪が長すぎて顔の三分の二が隠れており、年齢不詳だが、なんとなく若そうだ。肌は透けるように真っ白、無駄な脂肪も必要な筋肉もない、ひょろっと細長い男だった。Tシャツに半パン、直立不動、片手に一枚の紙を握っている以外は何も持っていない。見たことがない人物なのだが、近所の人だろうか。

「あの、直江《なおえ》先生はいらっしゃいますか」

消え入りそうな声で彼はそう言った。僕はまたかと辟易《へきえき》する。祖父の家に寝泊まりして一カ月と少し。祖父の来客は絶えず、三日に一度の頻度《ひんど》でやってくる。それらを捌《さば》くのも相続人の役目かと思い、祖父に代わってひとりひとり対応しているものの、朝五時は初めてだ。義務だと受け止めているとはいえ、いかんともしがたい。

「祖父は先日死にました」

もう何度口にしたかわからない台詞《せりふ》を口にする。青年はぽかんと口を開けたまま、言葉を失ってしまった。そのときに僕は、なんとなく懐かしい気分になった。この青年に、見覚えがあったのだ。

「……君、もしかして、桐村《きりむら》くん？」

「えっ……す、すみません、失礼しました」

「ちょっと待って。僕、直江。直江晶《あきら》。覚えてない？」

逃げ出そうとする青年の背に自分の名前を告げる。すると青年は恐る恐る振り返った。この所作にも見覚えがある。

「直江晶って、中学のときの生徒会長……？」

桐村に訊《たず》ねられ、僕は頷《うなず》いた。

僕と彼は、中学三年生のときにクラスメートだった。もちろんこの地ではなく、兵庫県のほうである。当時、桐村は不登校気味で、学校で会うことはほとんどなかった。顔を見たのは主に保健室で、僕が頭痛で訪ねたとき、たまに見かける程度だった。

二年生のときにいじめられたのが原因で教室に入れなくなったと聞いた気がする。加害者は転校したが、トラウマになったと。中高一貫の学校だったが、高校では一度も見たことがなかった。どこかの時点で退学したんだと思う。

「祖父に急ぎの用事だったんでしょう。こんなに朝早くだし……。もしよかったら、話だけでも聞くよ。どうしたの」

祖父に用事がある者への対応は、祖父が遺《のこ》したものを読めばだいたい解決することを、この一カ月少々で学んだ。

書斎はちっとも片づかないし、斉藤に教えてもらった倉庫の書籍もいまだ膨大だが、腰を据えて取り組めばいずれ終わるだろう。それと同時に、祖父の来客も減っていくと考えている。今のところ終わりの兆《きざ》しは見えないが、早めに減っていってほしい。

「郷土資料館に行ったら、館長にここを案内されて……」

桐村は言い訳のようにそう説明をした。僕は、いつまで経《た》っても来客が減らない理由が、館長にあることを突然知った。葬式にも来て祖父の死を知っているにもかかわらず、いまだにうちを案内するなんて職務怠慢だ。

「それでどうしたの？」

「その……山埜《やまの》村に行きたいんだ」

「山埜村って、旧山埜村？　どうして？」

桐村は、旧山埜村に用事があるタイプには見えない。そもそもダムに沈んだ廃村に用事がある人は少ない。桐村ははっきりと意思表示せず、俯《うつむ》いてしまった。事情があって、言いたくないのだろう。その気持ち自体はわかるので、もう聞かないでおこう。

桐村が差し出してきた地図を開くと、郷土資料館から直江家までの略図だった。呆《あき》れた。

これでは意味がないので、僕は応接間の地図を持ってきて広げた。

直江家は裾野《すその》の住宅街にある。車で十五分ほど走ると山沿いの国道に出る。国道は北東に行けば隣県に向かい、途中で北西の県道に入ると、ダムに沿う道路だ。さらに横道にそれる。登山口からのルートをざっと説明し、最後に付け加えた。

「行くなら今週中がいいよ。来週は台風だから。台風が来たら行けなくなる」

ダム湖は一部浅い箇所があり、干上がると旧山埜村の遺構が現れる。その途上は険しいとはいわないまでも登山道であり、いつ事故が起きてもおかしくない。ひとたび台風が通り過ぎれば、土砂崩れが起きやすく、山道は脅威となる。くわえて遺構はふたたび水に沈む。まだ風の雰囲気が変わっていないうちが、今夏、山埜村を見る最後のチャンスだ。おそらく今日明日が限度だろう。

「ありがとう……じゃあ」

といって、桐村は出て行こうとした。引き戸を開けたとき、桐村はふと振り返った。

「どうしたの？」

「変なこと聞いたらごめんね。山埜村のことで……。マンボウって、知ってる？」

僕は桐村をじっと見つめる。マンボウには覚えがある。僕は頷いてみせた。

「知ってる」

途端、桐村は目を見張り、縋《すが》りつかんばかりに迫ってきた。いきなり何なんだ。目にたまった涙が、切実さを物語っている。

「知ってるなら教えて！　マンボウって何なんだ⁉　教えてください……！」

「ちょ、ちょっと待って、わかった。わかったから！」

桐村の勢いに押され、僕は自《みずか》らの知るマンボウについてを話すことになった。

「マンボウは、トンネルのことだ」

「トンネル……？」

「山埜村のマンボウなら、いまは、『旧山埜隧道《すいどう》』と呼ばれている場所のことだと思う」

桐村はじっと聞き入っている。

「とはいっても、おそらく、僕たちの想像するようなトンネルではないんじゃないかな。本当に小さい坑口《こうぐち》かと。たしか手掘りと書いてあったから……」

僕は『巷説《こうせつ》山埜風土夜話』を取ってきて、マンボウの小話を開いてみせた。

二

『ここにある小話集は、山埜村の村民より聞いた恐ろしい話を、あらためて記録したものである。ただし、真偽のほどは定かでない』

＊

『山ノのマンボウ』


小学生の頃の、ある夏のことだ。

「山のマンボウを知っとるか」

読んでいた本を倒すと、机の向こうで、清太《せいた》がひょっこりと顔を覗《のぞ》かせた。謎かけのような質問だったが、生憎《あいにく》私は、山のマンボウの正体を知っていた。海に泳ぐ魚の名ではない。マンボ、マンポ、マンプ、マンボウ。様々な呼称があるが、それらは総じてトンネルを意味する。とりわけこのあたりでは、村を取り囲む山の中にある『旧山埜隧道』を指す。明治から大正にかけ、村の男衆が手掘りし開通したのだが、いまは廃道となっている場所だ。山生まれ山育ちの祖父が、昔教えてくれた。

私がそう答えると、清太は落胆する様子はなく、むしろ我が意を得たりという表情をした。

「探検に行こう」

「でもじいちゃんが……」

私は祖父の言葉を思い出した。旧山埜隧道を語ったとき、祖父は『喰《く》われる』と言った。マンボウに喰われる、と。

その話を聞いたとき——私は、遠くに出口の光がほのかに差す、苔生《こけむ》した石造りのトンネルが大口を開けており、それに頭からばりばりと喰われてしまうのを想像した。だが私の妄想を清太にそのまま伝えるのは、弱虫と決めつけられそうで嫌だった。

「じいちゃんは、マンボウには近づくなって」

私は祖父の言を信じていた。マンボウは恐ろしい場所で、入ったら最後、喰われてしまう。祖父は亡くなり、これ以上マンボウについて知ることはできないが、教えは守らねばならない。それは、私自身を守るための知恵だから。

感受性の高い私は、幼い頃から生きるのに苦労した。祖父はそんな私の唯一の理解者であり教師だ。山を恐れる私に、なぜ山が怖いのかを教えてくれた。山には、異界に通じるという空間の裂け目があり、そこから流れる香りは人間を惑わせる。

恐怖心が起こるうちはいい。だがけっして、炎に誘われる虫となってはいけない。恐怖の先を知ろうとしてはならない。ともすれば、弾《はじ》けて命を失ってしまう。

そう言い聞かせられていたのに。

「やい、臆病者」

「なんだと」

「怖くて行けないのだろ。弱虫」

清太に囃《はや》し立てられ、私は応《こた》えてしまった。その年ごろというのは、大人の言いつけを破らない子どもは、勇気がないという風潮だった。私は、昔こそ臆病だったが小学校にあがる頃にはずいぶん落ち着いていた。マンボウだって、近くに行くくらいなら平気だと嘯《うそぶ》いた。

「じゃあ、放課後な」

と、清太は私に約束をさせた。

*

放課後、私は約束どおり、清太とともに山を登っていた。

学校の裏山から林道に入り、一度山間《やまあい》をこえる。しばらく登って、かつての炭焼き小屋がかろうじて遺っている場所までは、小屋の主が作った轍《わだち》が、森の木々を縫《ぬ》うように残っている。山小屋を過ぎたら獣道《けもの》だ。沢に沿ってゆけば道案内の木杭《きぐい》が点在し、山埜隧道と書かれた筆字を辿《たど》ってゆけば迷うことはない。途中から草木が生い茂り、叢《くさむら》となった。両手を使い、それぞれ掻《か》き分けていく。

数メートル前を行く清太の背中に私は問いかけた。

「誰から聞いた」

「なにがー」

「マンボウのこと」

清太は叢を掻き分けながら言った。

「なにがー」

どうやら私の声が届かないようだ。清太は私よりも足が速く、どんどん先に進んでいた。じきに、清太を見失わぬよう追いかけるのが精一杯になった。叢の色は濃くなる。地面の傾斜がきつくなる。息があがる。足元は徐々に泥濘《でいねい》と化す。時折、足をとられる。

「おーい、清太、待ってくれ」

「はいはい、早く早く」

私は急いだ。叢は背の高さまで伸び、密集している。生い茂る葉の隙間《すきま》に清太の頭が跳ねるのが見える。見失わずにいられるのも今のうちだ。

草の種類が変わった。日本刀のように鋭い草を掻き分ける。皮膚が切れる。血のにじむ掌《てのひら》を握りしめる。叢に吹きおりるぬるい風が顔面をなぶる。噴き出す汗に羽虫がへばりつく。汗が目に入り沁《し》み、口に入ると酸《す》っぱいような苦いような味がする。ぬかるんだ地面から足を抜く。どうにかこうにか前に進む。

清太の姿は陽光が明るいほうにある。太陽の傾きから推してみると、清太は西に進んでいる。

祖父に聞いた話では、マンボウの位置は、最後の杭の地点から百メートルも離れていない。そろそろ到着する頃合いだ。

清太が私を急《せ》かす。

「おい、どうしたんだ。まだかー」

声はだんだん苛立《いらだ》ってきていた。私が遅いからだろう。

「待ってくれ」

急に左足が動かなくなり、私は伝う汗を拭《ぬぐ》いながら「足をとられたんだ」と叫んだ。泥濘はぬるく柔らかく、踏ん張ろうと試みる右足もやや遅れて沈む。

私はふと足元に視線を転じ、私の足首を摑《つか》む白く細い手を見つけた。

そのとき、私は地獄を見た。脳裏に、黒い土と血の川が流れ、人々が苦しみながら息絶える光景が浮かび上がったのだ。白い手の主が見ている地獄を、手を介して見ているのかもしれなかった。動かない体を焼かれる生々しい痛みが走る。燃え盛る炎に焼かれる少年の咆哮《ほうこう》を聞いた。絶え間なく押し寄せる苦しみはかつて味わったもののどれでもない。残像のように、闇《やみ》の向こうに続く異界を見た。

気が遠くなることを恐れ、私はどうにか空を仰いだ。その瞬間、空は、雨が降る直前のように、突如として真っ暗になった。暗雲が立ち込めたのか。いや、違う。もう夜だ。

「おーい、清太。もう帰ろう」

私は引き返すべく足裏に力を込めた。すぐに抜けた。清太の方向に声を張りあげる。あちらはかろうじて陽の残滓《ざんし》がある。ずいぶん遠くに清太の背が見えた。と思ったが、その声は耳元のような近さで聞こえた。

「せっかくここまで来たのに」

いまや私の眼前には、草木や苔に隠れるように、大きな岩穴がのぞいていた。岩の表面に彫られた山埜隧道の文字のうえに龍のような水が伝う。穴、泥濘、岩の裂け目のすべてから、白濁《はくだく》の水がほとばしる。暗渠《あんきょ》に向かう流れが足を奪う。水の流れは私と逆流なのに、順流のように吸い込まれそうに間近に迫ってくる。吸い込まれそうだ。流れは渦《うず》になる。倒れたら飲まれる。いや、喰われる。喰われるとはこういうことか。

私は必死に後退《あとじ》さろうとした。怪力で体を引っ張られるような感じがした。はるか先に立つ清太は餓鬼《がき》の姿に変じ、まとう光の残滓は業火《ごうか》に見えた。少年のまなざしが私を射ていた。

「せっかくここまで来たのだから、入ったらどうだい」

いったいいつから誘われていたのか——私は猛省した。罠にかかった獣のように無駄な抵抗を続け、逃れられるのか、より深みにはまってしまうのか、私にはわからない。

目の前に広がる怪物に抗《あらが》い、やがて私は一歩、また一歩と後退するに至った。泥濘のない、地面の固い場所に辿り着いたとき、突然、私を取り巻いていた気配のなにもかもが消えた。

もう誰もいない。全方向から、うるさいほど虫の声が響く真夏の山の夜だ。叢には青臭い夜風が吹く。

助かったのか。

いったいどれほどの時間、ここにいたのだろう。夢でも見たのだろうか。だが両足は泥にまみれて乾き固まり、掌を擦《こす》れば皮膚が切り裂かれてじんじんと痛んだ。

「あと一歩だったのになあ」

私の耳元で悔しそうに囁《ささや》いたあの少年の名前を、私はすでに思い出せなくなっていた。

長い年月を経《へ》て忘れたものではなく、突然忘れたという感覚だった。

以後、学校に行っても、どこに行っても、彼を知る人はいなかった。私もまた、彼の名前はもちろん、顔すらも思い出せない。

ただ時折、どこかぽっかりとあいた間隙《かんげき》から、彼の呼び声が聞こえることがある。

『山ノのマンボウ　昭和四十二年二月　桐村修道《おさみち》』

三

午前七時半。

桐村に祖父の登山装備を着せ、僕も同じように祖父のものを着て、自家用車を走らせていた。片側一車線の道路は山と山のあいだを縫うように通っている。どこを見ても山の斜面と稜線《りょうせん》、ときどき鹿の姿がある。

助手席に座る桐村は目を輝かせている。目指すものに近づいている実感だろうか。

マンボウの話を読んで納得したように去ろうとする桐村の背に不穏さを感じ、これ以上踏み込むべきではないと思いながら、僕は彼をまた引き留めた。

「ちょっと待って。今から行くつもり？」

「あ、うん」

「その恰好《かっこう》で?」

「え、あ、うん。だめかな」

桐村の恰好は、Tシャツと半パンだった。寝るときの弟と、ほとんど同じ服装をしている。足元はかろうじて運動靴だが、いかにも底の擦り切れていそうな古いスニーカーである。この恰好で行けるのは近所のコンビニくらいだと僕は思った。持ち物は郷土資料館から直江家までの略図のみ。遭難しに行くつもりだろうか。

「……行きたいなら、登山の装備がないと難しい。泊まりとまではいかなくても」

「あ……」

右往左往している桐村に対し、僕はため息交じりに呟《つぶや》いた。

「僕も行くよ」

旧山埜村の遺構周辺ならば僕でも案内できる。マンボウは行ったことがないが、桐村をひとりで行かせるのは不安だ。ならば僕が同行する他ないだろう。成り行き上、仕方ない。これもまた義務か。

そう思い、同行することになったのである。

正直、好奇心もあった。『山ノのマンボウ』は、マンボウに喰われそうになる少年がなんとか難を逃れる物語だ。物語どおりならば、命の危険もある場所だ。

だが、あれは祖父の遺した小説に過ぎない。実際、天狗《てんぐ》なんていなかったのだ。全部作り話だった。マンボウにも、何かウラがあるのではないか——？

だとしたら、祖父は何を隠そうとしているんだろう……。

登山口には数十台が停《と》められる駐車場があり、ほとんど満車になっていた。最後の一台分の空きスペースにうまく滑り込む。周辺はすでに登山客の姿で賑わっている。

「人多いね」

「干上がったのがニュースになったからか、人が多い感じがする」

「ニュースになったんだ」

「うん。あとは、いつもの北に行くルートの人たちかな。雨《あま》ノ岳《だけ》と雲峠《くもとうげ》の方向」

このあたりの山々は、山脈の一部だ。一週間以上歩くような長距離の縦走ルートもあるが、登山初心者向けのルートもあり、半日も要さずに素晴らしい景観が楽しめる。それゆえ土日ともなるととても混み合う。

我々の目的地は、登山というほどの標高ではない。人だかりとは別の方向に歩いていく。民家がある地域を抜け、ハイキングコースのような道を歩いた。途中、桐村が言った。

「直江くんは、よく来るの？」

「いや、僕はまだ一、二回かな」

僕はまだその程度であるが、雫は週三で渓流釣りに来ている。良い釣り場らしい。神戸《こうべ》の自宅にゲームをすべて置いてきたため、雫はこちらに来てすぐに、ゲーム要素のある何かをしなければと思いつめた。

最初は自分で双六《すごろく》のようなアナログなゲームを作って遊んでいたがすぐに飽きた。その翌日くらいに、祖父の家の物置で釣り竿《ざお》を見つけたので、渓流釣りに手を出し、見事にはまってしまったのである。

もともと雫の眠りは深いし、ばたばたと準備しても起きる気配など微塵《みじん》もなかった。「知り合いと会ったのでちょっと出てくる」というメモを台所に残してあるが、まだ寝ていると思うので、おそらく三時間後くらいに見つけるだろう。

「そっか。……直江くんと再会するなんて、思いもよらなかった」

いいことなのか悪いことなのか、桐村の口調からは真意は読み取れなかった。

もちろん、僕も驚いている。僕は生まれも育ちも兵庫県を出たことがなかった。遠く離れた母の故郷で中学の同級生に会うなんて、想像だにしなかった。

見知らぬ人ばかりが訪れる忙《せわ》しない生活だからだろうか。中学生の頃、無口で保健室登校だった桐村とは、一度も会話したことはなかったのに、ただ知っているひとというだけでなんとなく少し嬉《うれ》しい。

こうして山道を歩いているのも、普通に会話をしているのも不思議な感覚だった。

山道は軽トラ一台分の幅員《ふくいん》があり、そこそこ歩きやすい。しばらく行くと途端に狭く険しくなるが、沢沿いになるとまた道はよくなる。代わりに勾配《こうばい》は激しくなる。

しばらく無言で進むうち、息があがってきた。日光は木々に遮《さえぎ》られるが、気温があがってくる。沢が近く、蒸し暑い。時々吹き抜ける風だけが涼しい。

四

小さな滝で手を洗ったあと、沢におりて手頃な岩を見つけた。日陰《ひかげ》になっていて、ふたりで座っても大丈夫そうな大きさだ。持参したおにぎりと羊羹《ようかん》、ゼリーとチョコレートクッキーをふたりで分け合って食べる。

「おじいちゃん、もう長くないんだ」

桐村は言った。なんと答えていいかわからない。

「そうか……」

「近頃は、意識もあんまり回復しなくて……。時々、うわ言みたいに『マンボウを探さないと』って言う以外は、僕のことももう……。昔も、よくおじいちゃんから聞いたことがあるんだけど、マンボウについては教えてくれなくてね。どうも魚じゃないとは思ってたんだけど」

「そうだね」

「お父さんが、おじいちゃんのルーツは山埜村にあるから、そこが関係しているのかもって」

「探してあげたくて、ここに来たのか」

「実は五年ぶりに家を出たよ……」

と、桐村は自虐《じぎやく》的に笑った。どうやら、ずっと引きこもりだったらしい。桐村は独り言のように呟いた。

「おじいちゃんは、どうしてマンボウを探したがっているんだろう……。僕は、正直怖くて足がすくみそうだよ」

桐村は情けなさそうに後ろ頭を掻いてみせる。

「そうだよな。話のとおりなら、行きたくない場所だ」

僕は同意をした。

「うん。全然行きたくない。だけど、小さいときから、おじいちゃんにはたくさん助けてもらったんだ。だから、おじいちゃんがマンボウを探したいって願っているんだったら、代わりに叶えてあげたい」

桐村は、ここにきて急に元気そうな様子だ。恐怖心など微塵もなく、むしろ生きる希望を見つけたようにさえ見える。見えるだけだとはわかっている。怖いのは本当だろう。怖いと言いつつも、祖父の遂げられなかったことを自分が遂げたいという気持ちを奮《ふる》い立たせ、必死に明るく振舞っているのだ。

僕の祖父が死ぬ前に訪問してくれたらよかったのに、と思う。もし、直江槙《まき》と桐村が会っていたら、祖父は彼を旧山埜隧道に連れていってあげただろうし、いろいろと教えてあげることもできただろう。

僕は、人骨の出土事件のあと、初めて旧山埜村を訪れた。遺構の現地確認だ。さらに旧山埜村に関する資料にひととおり目を通したところ、『巷説山埜風土夜話』が謎めいたものに思え、興味が湧いた。以来、旧山埜村に関連しそうな外出の際には常に持ち歩いている。今日も、行先が旧山埜村であるため、持ってきた。

まず地図を広げると、桐村が覗き込んだ。旧山埜村の範囲は蛍光ペンで囲んである。だが、マンボウの位置は判然としない。

「小説のとおりなら、沢沿いに木杭がある道をのぼっていくとマンボウに近づいていくんだけど、古い話だから今はどうだろう」

沢はわかりやすい位置にあり、少し迂回《うかい》してしまったが、ここから歩いて一時間もかからない。その先のことはよくわからない。旧山埜隧道の具体的な場所は依然不明である。

桐村は言った。

「まさか小説になっているなんて知らなかった。下調べしておけばよかったよ。マンボウの意味も」

下調べも何も、君は山に登る装備すらも持ってきていなかったじゃないか、という言葉は飲み込んだ。

「これは祖父のボツ原稿なんだ。だから世には出てないよ。マンボウがトンネルだなんて、普通に生きてたらわからないさ」

だが寺領の件と違い、マンボウは実在する。『旧山埜隧道』は、古地図にも残っている。祖父も探すのを試み、見つけているはずだ。

ただ、入り組んでわかりづらい場所だから、大まかな位置しか描けなかっただけだろう。僕は小説を流し読みし、目印の情報を拾いながら、現在の地図をボールペンのペン先で辿る。

「学校の裏山、林道、山間をこえ、炭焼き小屋、沢沿いの木杭、西に進む」

僕は地図に大きく丸をつけた。

「マンボウはこのあたりにあるはずだ」

桐村は早速立ち上がり、僕はその後を追う。そのとき、なんとなく不安を感じた。友達に誘われてマンボウに向かうという小説の構図は、僕と桐村を示している気がしたからだ。

五

山道は緑に覆《おお》われ、搔き分けないと進めないほどだった。水のにおいがする。もうすぐ沢に出られるだろう。どこからか水が漏れているらしく、足元がぬかるんでいる。

ほどなくして腐って潰《つぶ》れかけた小屋を見つけた。屋根は僕の腰ほどしかなく、緑に覆われ、少しでも触れたら崩れてしまいそうだ。半壊の建物の奥に、窯《かま》のような土の盛り上がりが見えた。『かつての炭焼き小屋』かもしれない。まだ残っていたのか。本当にあったのか。

「こっちで合ってるかな」

桐村が訊ねてくる。おそらく合っている。

「たぶんね」

小屋を過ぎたら、いよいよ獣道になった。だが獣道はすぐに拓《ひら》け、沢に出る。ほっとしたような、緊張するような気持ちだった。小説のとおりというのは不安要素でもある。書かれた目印がなくなったら、引き返すこともできる。しかし目印が見つかる以上、前進せざるを得ない。

「木の杭がないかな。点在してるはず」

「もしかして、あれのこと？」

桐村は沢沿いに、黒く変色した木杭を見つけた。あれに違いない。変色しすぎて筆字は読めないが、点在しているのはわかる。間違いなさそうだ。

「あれだ。よく見えたね。桐村くん」

「目はいいんだ。前髪は邪魔だけどね」

途中で草木が生い茂り、叢が広がっていた。沢は行き止まりのようで、木杭の案内は終わり、叢に突入する。服はどろどろになっていくし、どれほど両手で掻き分けても、掻きれなかった草が顔を打った。

「小説のままだ……」

叢の色が濃くなっていく。地面の傾斜が急にきつくなる。そのうえ、ぬかるみがさらにゆるくなる。草を倒して、その上を歩くようにした。これで多少は歩けるようになった。

進むしかない。進まなければならない。

ふたりとも無言で草をなぎ倒し、その上を歩くという動作を繰り返した。視界も悪く、進みが遅くなる。草の種類が変わったのを機に、荷物の中から軍手を取り出し、それぞれ嵌《は》めた。油断していると手を切るだろう。

太陽が上に近づきつつあるのを見ると、昼頃か昼前なのだろう。腕時計を見ると十一時過ぎになっていた。無心になっていたら、時間を忘れていた。家を出たのは午前七時半だから、ずいぶん歩いたものだ。

小説によると、最後の杭の地点から百メートル以内にマンボウはある。

そろそろ、『足をとられる』かもしれない。そして『下を見たら、白い手が僕の足首を摑んでいる』かもしれない。僕は戦々恐々とし、足元を意識しながら進む。ぬかるみは変わりなく、普通に歩むことができた。

ふと顔をあげ、僕は思わず叫んだ。

「桐村くん！　あったぞ！　あれだ！」

僕が声を掛けると、桐村も顔をあげた。

「え、あ……あれが……」

僕らの目の前に、倒木に隠れるように、人工物がのぞいていた。人間ひとりがやっと通れるほどの穴だ。坑門があり、後ろは山の中。貫通は確認できない。

坑門の表面に、右から読む形で『山埜隧道』と彫られていた。水の気配はあるものの、小説の描写のようにおびただしく噴きこぼれている様子はない。むしろ、ダムの干上がりのように、乾いているように見える。本当にある。

「桐村くんのおじいさんが探したものだ。よかった！　見つけた！」

恐怖心よりも、達成感があった。隧道が見つかった。辿り着いたのだ。

僕も体力には乏しいほうだが、桐村はさらに輪をかけて体力がないと思う。ぱっと見ただけでも、脂肪も筋肉もないように見えるからだ。肌も真っ白で、何年も外に出ていないのが丸わかりだ。

だが、無理を押して彼も辿り着いた。祖父が望んだマンボウに。

桐村にも達成感があるのではないだろうかと考え、ただ嬉しさを共有しようと僕は声を掛けたが、桐村の返事がない。

「桐村くん？」

僕は振り返った。振り返ったところには、確かに桐村が立っている。僕は、はしゃいでいた気持ちが一瞬にしておさまってしまった。桐村は、マンボウを見つめながら、はらはらと涙をこぼしているのだ。しだいに嗚咽《おえつ》し、しゃくりあげる。

「僕、見つけたよ。マンボウを見つけたんだ……」

桐村は、声を放って泣いた。今まで、おそらく願掛けのように、いずこともしれないこの場所を目指していたのだ。探しに行ってみせるから、まだ祖父に生きていてほしいと願った。そして辿り着いた。

「……おじいちゃん、死なないでください……」

僕が恐れていた、人を喰らう怪異はそこにはない。ただ、人知れず静かに、時間をかけて深緑に侵食されていく、亡骸《なきがら》のような遺構があるだけだった。

六

「ごめん、遅くなってる」

じくじくと痛む足に耐えながら、僕は言った。桐村はわざと明るい声を出した。

「大丈夫。大丈夫だけど、よくないかも……」

桐村が泣き止むのを待っていたら出発が午後三時を過ぎ、下りの道で僕が足を踏み外して捻挫《ねんざ》して、さらにスピードが遅くなった。無理して急いだら悪化し、肩を貸してもらいながら休み休み歩いているうち、暮れかかり、あっという間に夜になった。

山際に住んで初めて知ったのは、山は夜が早いことだ。日照時間の短さにくわえ、太陽がのぼっていても山や木々に遮られ、森の中は瞬く間に暗くなる。太陽光なんかすぐに見えなくなり、方向さえもわからなくなっていく。祖父の装備だったヘッドライトと、リュックに吊り下げたLEDハンディライトだけが頼りだ。

マンボウでは何も起きなかったのに、とんだトラブルだ。

「たぶんもうすぐだと思うんだけどな……」

昼と夜では、山は違う顔をしていると僕は思う。僕をかばって肩を貸してくれているが、桐村のほうも限界に近いように見える。

「直江くん、少し休もう」

「ああ……」

ふたりで地面にへたり込んだ。その先に、分岐路があるのが見えた。見覚えがある気がする。僕は桐村に言った。

「桐村くん、頼みがある」

「何?」

「僕はもう動けない。でも桐村くんはまだ動けそうだ。ひとりでここで待っているから、誰かを呼んできてくれないか?」

「直江くん……でも、こんなところに残していくなんて……」

僕の携帯電話は足を踏み外したときに沢に落下していき、桐村は携帯電話を持っていなかった。出かける際に雫にメモを残した気がするけれど、行先までは書いていない。今となってはちゃんと書いておけばよかった。もはや助けを求める手段は、まだ動けそうな桐村が先に下山して人を呼ぶしかない。

置いて行かれると想像すると、背筋が寒くなる。迎えに来てくれるのを待つ時間は、きっと果てしなく長く感じるだろう。戻ってきてくれるだろうか。逃げられない状況で、野生動物に襲われたら。まさか天狗は出やしない。だが、不安が募ると、いつか夜が明けることさえも疑わしく思えるだろう。

何の根拠もないだろうに、桐村は強く言った。

「もう少し頑張ろうよ。あと少しだと思う。ううん、あと少しだから、絶対！」

「ありがとう……」

手を伸ばした。桐村も僕に手を伸ばしていた。さあ歩こうと踏み出したとき、前方で明かりが揺れるのが見えた。懐中電灯らしい明かりが三本ほど揺れている。

「おーい、兄ちゃーん！」

聞こえてきたのは雫の声だった。幻聴か？　いや、はっきりと聞こえる。まさか。山に行くと告げた覚えもないのに、迎えに来るとは。

雫のダウジング能力で人探しができること自体はわかっていた。それでも「大型ショッピングセンターで待ち合わせ場所を決めなくても会える」程度だと思っていた。どこに行ったかさえわからない人間を探すこともできるのか。

「シズ！」

僕は空いているほうの手でハンディライトを摑んで振り回し、大声を張り上げた。ライトがこちらを照らし、数人が駆け寄ってくる。ふたりで話していたとおり、すぐのところに、ちゃんとした道があった。やはり、あと少しだったのだ。数メートル進むと、拓けた道に出た。

ふたりして道に倒れ込んだ。頭上の木々の隙間《すきま》に紺《こん》色の夜空が広がり、一筋の流星が横切った。綺麗《きれい》だと思った。空気が澄んでいるおかげで、星灯《あか》りは田舎のほうがよく見える。

七

桐村の病室は大部屋の窓際だった。それぞれのベッドはカーテンが引かれ、区切られている。カーテンの隙間に滑り込む。僕に気づき、桐村は横たえていた体を起こした。そうしていると、もともとの肌の透明さや伸ばしっぱなしの前髪のせいで、桐村は本物の病人に見える。

　桐村に訊ねた。

「やあ、怪我《けが》の具合はどう?」

「おかげさまで、明日には退院予定」

「よかった……」

「直江くんは?」

「もう痛くないよ」

「よかった」

　下山してすぐ病院に行った。直江家に程近い、田舎町に不釣り合いなほど大きい総合病院である。まだ建って数年らしく、どこもかしこも真新しい。足が非常に痛かったが、レントゲンを撮っても骨に異常はなかった。捻挫だそうだ。筋肉痛、打撲、挫傷、挫創といった診断だった。

　実は桐村は左足首を骨折していた。しかも軽い熱中症と栄養失調で入院三日目だ。カルシウム不足で骨が弱いらしい。まさか桐村のほうがより重傷とは思わなかった。明日にも退院できるとは何よりだ。

僕はベッド脇のスツールに腰かけ、ベッドにコンビニの袋を置いた。

「はい、チョコクッキー」

チョコレートクッキーの大袋を渡す。病院の売店で買ってきた、山に登ったときのものと同じ商品だ。

「ありがとう。なんだか感慨《かんがい》深いなぁ」

桐村は屈託なく笑った。僕も笑った。僕もしばらくの間、チョコレートクッキーを食べるたびにあの道程を思い出すだろう。

桐村が個包装を開けているあいだに、持参した新聞のコピーを取り出した。

「ちょっと調べたんだ。桐村くんのおじいさんのこと」

「僕のおじいちゃん？」

「うん」

僕は図書館で調べた新聞のコピーを、彼に見せた。とても古いものだったので、見つけるのは大変な作業だった。ほんの小さい記事だ。雫の例の嗅覚《きゅうかく》を借りて、見つけることができた。

記事には、山埜隧道付近で土砂崩れに巻き込まれ、子どもひとりが行方不明に、さらにひとりが重体と書いてある。山埜村が水没する少し前の出来事だ。

桐村は食べようとする手を止め、記事に見入った。僕は『巷説山埜風土夜話』の写しを膝《ひざ》に置き、話を続ける。

「ここにある怪異譚《たん》には、『山ノのマンボウ』が友達のふりをして、桐村修道氏を取り込もうという様子が書かれている。だけど、桐村くんのおじいさんは、『マンボウを探しに行く』とうわ言で言っていた。両者は、少し食い違ってくる。『山ノのマンボウ』は、とてももう一度行きたくなるような内容じゃない。むしろ取り憑《つ》かれた恐怖で、二度と行きたくない、近づけない場所なんだ」

「うん」

「真実は、山埜夜話を無視して考えるべきなんだと思う。隧道の近くで事故があったこと。土砂崩れにふたりの子どもが巻き込まれたこと。ひとりは行方不明、おそらくもうひとりが桐村くんのおじいさん。ふたりでいたのなら、一緒に遊んでいたんだと思う」

桐村は、納得したように頷いた。

「……だから……おじいちゃんは、いなくなった友達を探しに行ってあげたかったんだ。迎えに行くために。見つけてあげるために」

「うん。だけど当時は自分も重体で、とても行けなかった。そのうち村ごと水没してしまった。ルートもわからなくなった。ずっと悔やんでいたんじゃないかな」

行方不明の子どもが見つかったという記事は、残念ながら見つからなかった。あの近くにまだ眠っているのかもしれない。

僕は、『巷説山埜風土夜話』の写しも、桐村に渡した。

小説では、行方不明の友人は、恐怖の対象として書いてあった。

祖父はどうしてこれを書いたのだろう。仮説はふたつ立てられる。

ひとつは、忘れないように。深く心に刻ませ、十字架を背負わせるという意図だ。もうひとつは、何らかの形で彼の罪悪感を取り払ってあげたいと考えた——。どちらも正解のように思える。

直江槇は、桐村修道の後悔を聞いた。

修道は、友人がいなくなった理由を、周囲から「仕方がないことだ」と説明され続けたはずだ。直江槇もそのように言ったはずだ。だが、当事者の心には届かなかった。死の間際まで後悔に打ちひしがれるひとを、誰が責められるだろう。友人の命を運命だと片づけるのは残酷すぎる。

修道に対する周囲の者の無力さを、祖父はどうにかして昇華したかったのではないか。それがこの小話になったのではないだろうか。化け物にさらわれてしまった者が己の意思では戻れないように、友人がいなくなったのは不可抗力だったのだと。

たとえば忘れないように、戒《いまし》めるために書いたのだとしたら、それは直江槇の意思ではなく、桐村修道自身の要望だと思う。

桐村は、新聞記事と小説の写しを黙って見つめていた。

「助けてあげたかったおじいちゃんの気持ちが、すごくわかるよ。下山するとき──僕はここに直江くんを置いていけないと思った。どうしても連れていきたかった。一瞬だけ、置いていくことも考えたけど……」

「僕は、桐村くんに先に行ってくれと言いながら、正直に言うと心細かった」

桐村は微笑《ほほえ》んだ。

「もし、あの場に直江くんを置いていったとしたら、すぐに戻ろうと思った。誰かに助けを求めて、自分はすぐに引き返そうって……おじいちゃんも、きっとそう思ったはずだ」

「僕もそう思う」

「でも僕、人を見つけた途端、気を失って運ばれただろう？　もしも、直江くんを置いていったのに、僕だけが助かって、直江くんが誰にも探されなかったらと思うとぞっとする。ふたりで下山できて、本当によかった……」

眠っているあいだに友達が死んでしまったら、もし僕が、桐村の祖父と同じ立場だったら、後悔してもしきれない。自分をひどく恨んでしまう。

直江槇は、どんな気持ちで桐村修道の後悔を聞いたのだろう。

「おじいちゃんは、自分だけが助かったとか、自分は友達を見捨てたと思って、まだ自分を許せないんだね……」

桐村は瞳を潤ませたが、泣かなかった。足も痛いだろうに、足の痛みでも泣いていなかった。あの時、骨折したことには気づいていなかったようだが、痛みはあったはずだ。なのに泣きごとひとつ言わなかった。むしろ僕のほうが歩けなくなった。

桐村はチョコレートクッキーを食べ終え、コンビニの袋の口をできるだけ広く開けた。そしてベッドサイドの抽斗《ひきだし》から、ハサミと手鏡を取り出した。

「直江くん。前髪切るの、手伝ってくれる？」

「え、ああ、いいよ」

僕も桐村の前髪は鬱陶《うっとう》しいと思っていたので、切るのを手伝うことにした。ハサミを横にすると直線に切れてしまうので、ハサミを縦に持つよう指導する。

僕は手鏡を向けながら言った。

「実はさ、マンボウに着くまで、桐村くんって実在するのかなって疑ってた。ごめんな。幽霊みたいだから」

「直江くん、ひどいよ」

「肌も白いし前髪も長いし」

前髪は、切りすぎたくらいに短くなった。こぼれ落ちた髪を集め、袋に入れて口をとじると、さっぱりした顔をしていた。

「明日、帰るよ。おじいちゃんに会いに行く。だけど、また山登りしに来るよ。もう一度マンボウを探してもいい。おじいちゃんの代わりに友達を探してもいい。怪我したのは災難だったけど、山登りって初めてで楽しかった。不謹慎かな」

よく見ると、桐村は少し日焼けしていた。肌が赤くなっている。

「また行こう」

友達に見せる笑顔で、僕たちは笑い合った。

八

桐村の病室を出たとき、すれ違った若い医師が僕を見て口走った。

「あれっ、直江先生」

反射的に会釈《えしやく》をする。彼は僕を見て、あ、違うといった顔をした。僕はいつもの台詞を口にした。

「祖父は先日死にました」

「えっ、そうでしたか。お孫さんがいらっしゃったんですね」

「はい。祖父とはどのような……」

「直江さんは前に入院していらして。そうかあ、亡くなったんだ。ご愁傷様《しゅうしょう》です」

彼は丁寧に頭を下げてくれた。僕も深く礼をする。祖父は誤嚥《ごえん》を起こしたとき、別の病院に搬送されている。この病院に以前入院していたことは知らなかった。それを伝えた。

「残念です。予後は良かったのに」

「あの、祖父は何の病気だったんでしょうか」

「胃が……いや、すみません。個人情報がうるさいんで……。お身内の方なら、医事課に行って手続きしてもらったら、あらためてご説明できると思います。すみません」

「失礼しました。祖父のこと、お世話になりました。ありがとうございました」

礼をすると、医師は去っていった。僕は医事課を目指し、案内板を探した。

医事課を見つけて事情を伝えたところ、診療録を出せると説明があった。カルテのことだ。手続きの三日後、用意が整ったと連絡があった。

病院の医事課に行って所定の発行手数料を支払い、ファイル一冊分程度の紙束を受け取った。紙束を家に持ち帰り、少しずつ片づけはじめた書斎に入り、祖父の椅子《いす》に座って診療録を広げる。文机《ふづくえ》は広く、作業に適している。

病院は開業してまだ三年ほどだが、開業当初から祖父はかかっていたらしい。医師がうっかり口を滑らせかけたとおり、病名は胃がんで、胃の摘出手術を受けていた。その日付は、二年前。忘れもしない。母が死んだ日だ。

しばらくのあいだ入院の記録が残されていた。退院できたのは、手術の一カ月後だ。

頭を打ち付けられたかのような衝撃だった。

――もし、自分が眠っているあいだに大切な人が死んでしまったら、もし僕が、桐村の祖父と同じ立場だったら、後悔してもしきれないと思った。自分をひどく恨んでしまうのではないかと……。

母が死んだとき、僕は祖父宛《あ》てに手紙を出した。祖父の返事はなかった。何の返事もないことが、すなわち祖父の意思だとばかり思っていた。あまりにひどいと思い、僕はショックを受けた。死んでも許してもらえない存在なのかと……。

しかし、祖父が僕の手紙を読んだのは、何もかもが終わったあとだっただろう。

頑固で、負けん気が強くて、はねっかえりで素直じゃない娘を、祖父がどう思っていたのかは知らない。知る由《よし》もない。娘や孫のもとに駆けつけたいと感じたかどうかも、わからない。知ろうとも思わなかった。

今からでも知ろうと思うのなら、遺ったものから紐解《ひもと》くしかない。

僕は祖父のパソコンの電源をつけた。パスワードを入力する画面になる。先日、雫に『0227』と教えられたが、なんとなくまだ開けられずにいた。

緊張しながら、パスワードを打ち込む。少しでもいい、祖父のことを知りたいと思いながら。

鬼の棲む家

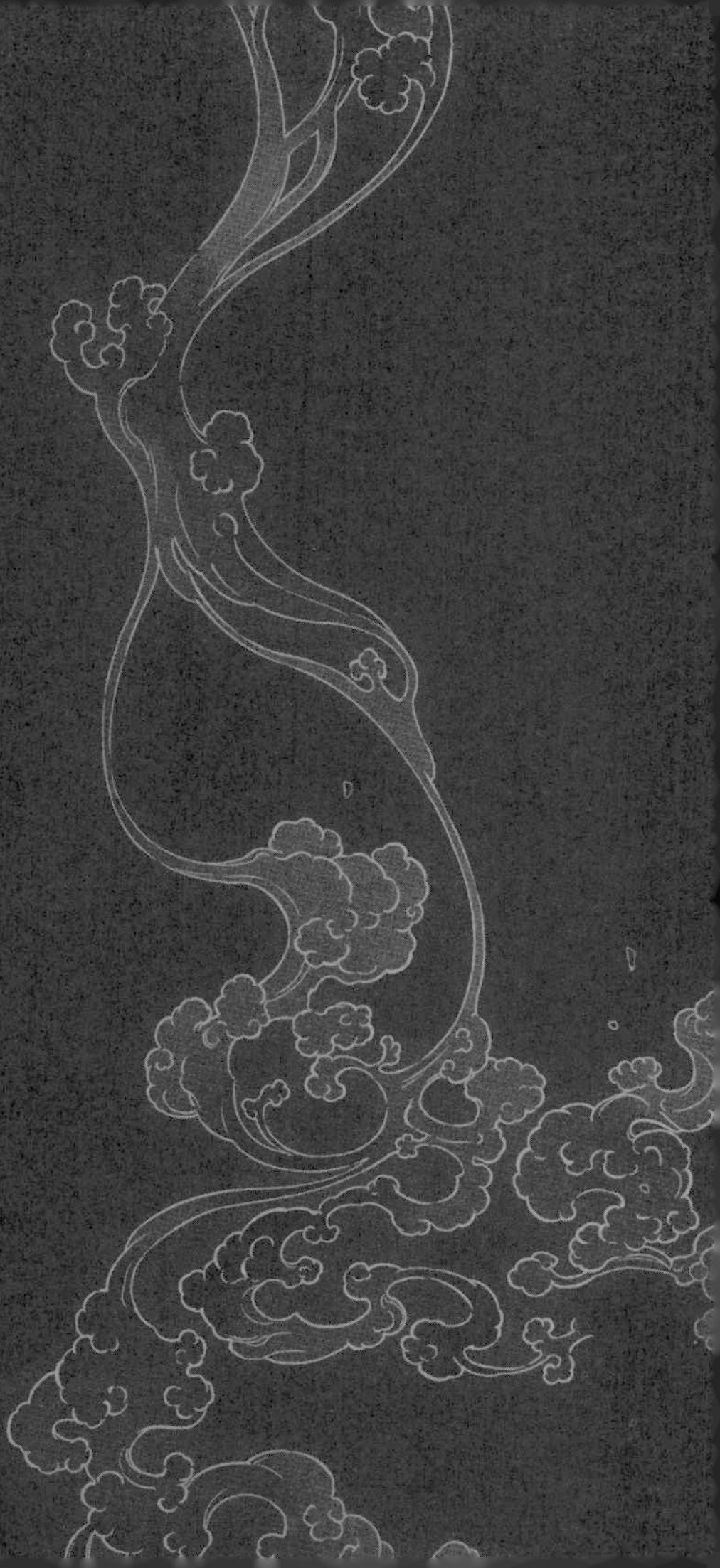

一

「兄ちゃん、本当にソロで大丈夫？」

助手席で、雫《しずく》はおそらくそう言った。よく聞こえなかったのは、一瞬雨が強くなったからだ。明後日から新学期なので、雫は一足先に祖父宅から自宅に帰る。まとめた荷物とともに、駅まで送り届けているところである。

といっても祖父の家と最寄り駅は車で三分程度で、その間、信号は三つしかない。晴れていて、荷物さえなければ、歩いたほうが早いくらいの近さだ。ワイパーがひっきりなしに左右に動いても凌《しの》げないほどひどい風雨で、案外荷物も多かったため、車で送ることになったのだ。

雫の質問には、三つ目の赤信号で停《と》まっているときに質問で返した。

「何て？」

「ほら、あの家にひとりになるでしょ？」

祖父の家は平屋の木造、築四十年で、雨戸をしっかり閉めていても雨風の強さ次第で揺れる。しかし住宅地はなだらかな丘の上のほうにあるので、床下浸水をすることはないだろう。庭の世話をしたことでわかったのだが、土壌は水はけが良い。それに雨は今日が最後で、明日からはしばらく降らない予報である。

「別に僕は平気だろう。いったいどういう心配なわけ？」

「兄ちゃんは大丈夫かなって」

不安そうな顔をしているが、雫が心配なのは自分自身のことなのだろうと思った。僕も雫のことは心配だ。できれば目の届くところにいてほしいと思っている。だがそうはいかない。明後日には学校が始まってしまうのだ。勉学は優先するべきだ。

「何かあったら連絡してきなさい」

「違うってば。純粋に、兄ちゃんをひとりにするのがさ、大丈夫かなって。明日は四十九日の法要もあるし。やっぱり今日は一緒にいようかな。明日の夜に帰ろうかな」

「法要っていっても、読経と会食だけだぞ」

「ほら、兄ちゃんだけじゃ手が足りないでしょ？」

「明日は僕も忙しいし、むしろ今日のうちに帰っておいたほうがお互いスムーズだろう。僕はシズがちゃんと帰れるかのほうが心配なんだよ。明日だと遅くなるものだから」

ここから神戸《こうべ》市内にある自宅マンションまで五時間かかる。法要が終わったあとだと、帰りつくのは夜になってしまう。天気が悪いのは気になるところだが、予報を見ると関西地方は雨は降っていない。降っているのはこちらだけだ。

それに今日帰ったほうが時間的余裕ができる。明日は準備や何やらで送迎できないし、そういった自分のスケジュールや雫の性質などを総合的に考えて、今日、雫を帰すのがベストだと判断した。

「俺は明日でも平気だよ?」

「僕は、シズは今日のうちに戻って、明後日の用意しておいたほうがいいと思うけどな。新学期、朝きちんと起きられるか?」

「う……それは……」

「ほらみろ」

雫は自宅マンションからもっとも近い公立高校（距離にして五十メートル）に通っているため、八時十五分に起きてもまだ始業に間に合うのだが、それでも遅刻常習犯である。僕がいなければまともに起きられない。そもそも必要な睡眠時間が長いことにくわえ、連夜ゲームに興じているせいだ。

かといって、ゲームを取り上げるのも、モーニングコールをしようかと検討するのも、僕が周囲にブラコン扱いを受ける要因のひとつだと自覚しているのでやめておく。自立というには高校生相手に情けない限りだが、朝ひとりで起きられるようになるいい機会かもしれない。自立。いつか別々に暮らすのかと思うと寂しい。だが、雫を真っ当な社会人に育てるのも、兄としての責務だ。

信号が青になったので発進した。三つ目の信号を越えると、駅のロータリーに入る。こぢんまりとした近代的な駅舎には、小さな観光案内所とコンビニが入っており、ロータリーを挟んで反対側に、寂れた商店街があるだけの駅周りだ。

「最近さ……、へんな夢を見るんだよ」

雫はぽつりとこぼした。

ロータリーの送迎用駐車場は田舎特有の広さで、がら空きな上、無料で停められる。駅舎に近い枠に停車し、ギアをPに入れてサイドブレーキを引いてから訊《たず》ねた。

「どんな夢？」

「……死体を背負って、山に登る夢」

「ああ」

「ああって、まさか兄ちゃんも同じの見るの⁉」

「いや、僕は見ない。だけどここ二日くらい、シズが夜中にうなされてたから知ってる」

「えぇ……？　起こしてよぉ。兄ちゃん、ひどい！」

「おまえどんなことしても起きないだろ……」

祖父の家に滞在して一カ月半、僕と雫の兄弟は、居間に布団をふたつ並べて敷いて寝ていた。初めて祖父の家に入ったとき、室内がまったく片づいておらず、最初に片づけた居間をとりあえず寝室にしたのと、自宅のマンションでもそれぞれの部屋で寝るのではなくひとつの寝室でふたりで寝ていたので、別室で眠ることに慣れていなかったからだ。

二日前、朝の四時頃に雫がうなされていた。

蹴《け》っても殴っても引きずっても起きない雫とは違い、僕はふとした環境の変化ですぐに目覚める体質である。母が生きていた頃、夜遅くに母が仕事から帰ってくるとき、マンションのエレベーターの作動音で起きあがり、母が部屋に着くときに出迎えていたほどだ。

だから二日前の晩も、雫がうなされる声をあげたときに瞬時に覚醒し、雫の様子をうかがいながら雫の一日のスケジュールを思い返していた。

その日の雫は早朝から渓流釣りに行っていて、ヤマメが入れ食いだったとかで帰宅時は大興奮だった。そのせいで知恵熱でも出したのか。と思い、額《ひたい》に手を当てると、肌寒いほどの室温なのに汗をかいていた。念のために熱を測ったが平熱だったので、汗だけ拭き、様子を見ておくことにした。

と言うと雫は目を見開いて驚いていた。

「そんなことがあったの⁉」

「ほら全然覚えていないじゃないか」

昨晩は、もうひとつ様子が違った。

朝四時頃に雫はむっくりと半身を起こしたのだ。起きないことに定評がある雫が起き上がるなんておかしいと思い、僕は様子をうかがっていた。

すると、雫は落ち着いた声でこう言った。

「返さなきゃ」

はっきりとした発声だった。間違いなく雫の声だったが、僕には雫ではないとわかっていた。雫は、いびきはかくが、寝言は言わない。それに雫が体を乗っ取られること自体は初めてではない。人ならざる者を引きつけやすい体質なのだ。

僕は雫に入り込む者を『誰か』と呼ぶことにしている。これまで、危害を加えるタイプの『誰か』が入り込んだことはない。雫は比較的優しい性格をしているが、芯は強く、悪意を持つタイプを寄せつけないのだと思う。寄ってくるのは、困っているとか、心残りを解消したいといった願いを持つ者ばかりだ。今夜の者もそのクチだろう。

僕は『誰か』がどのような性格の人物なのか推し量った。第一声の「返さなきゃ」は、切羽詰まっている雰囲気はなかったが、心残りに対する無念さを感じた。

雫に入り込むのだから、『誰か』にはもう肉体が存在しない。このような魂《たましい》は自己の欲求に嘘《うそ》を吐けない。たとえば本音は返したくないのに、返さないといけないと思ったりはしない。それでは建前だからだ。

つまりこの魂は、心の底から、他者に何かを返したいと願っている。死んでまで他者の財物を回復させたいのだ。この『誰か』は真面目な性格なのだろう。

「何を返したいんだ?」

取り立てて恐怖を感じることもなかったので、僕は落ち着いて訊ねた。『誰か』とは、会話ができるときとできないときとある。今日の『誰か』は、僕の声に反応した。しばらくして回答があったのだ。

「かんざし」

僕はさらに訊ねた。

「誰に返すんだ?」

「いもうと」

雫の父親が現在どうしているのかは知らないが、もしかしたら雫には半血の妹がいるのだろうか。否《いな》、おそらくこの妹とは、『誰か』の妹だ。

「飴《あめ》色の簪《かんざし》」

雫の身体《からだ》はふたたび横たわった。しばらく耳を澄ませていると、いつもの規則正しい寝息が聞こえてきた。一瞬いた『誰か』はいなくなっていた。

顚末《てんまつ》を話すと、雫は慄《おのの》いていた。

「そんなことがあったのに、兄ちゃんどうしてそんな平気な顔をしてるんだよ！　しっかり憑《つ》かれてるじゃないか！　やっぱりひとりぼっちになるの嫌だあ……」

ほら結局自分がひとりになるのが嫌なんじゃないか。と思ったが言わなかった。雫は頭を抱えている。

僕は、鞄《かばん》からある品を取り出した。

「これを見なさい」

雫はおずおずと顔をあげた。僕の手の中には『飴色の簪』がある。つやのある飴色の一本軸に、葉の飾りがついている。それを見た瞬間、雫が気づいた。

「あ、これ渓流釣りのとき拾ったやつ。川辺で」

「そのとおり。シズはこれを拾ってきたせいで、悪夢を見たんだよ……」

渓流釣りの荷物を片づけたときにポケットに入っていたのを見つけた。よく拾ったな、こんな不気味なものを、と思う。川辺にこれが落ちていたら、僕だったら見て見ぬふりをするし、なんならその場から速やかに立ち去る。危険な香りがプンプン漂ってくる。

とはいえ雫は何も感じていないのではなく、むしろ雫だからこそ拾ってしまったのだ。ほとんど無意識に『拾わされた』のだと思う。そういう人の好《よ》さを利用されてしまうときがある。

「選ばれし者だよ、シズは」

「うう……勇者とかみたいで、ちょっと心が揺れる」

「その『誰か』は、飴色の簪を妹に返したがっていたんだ。つまり妹に返せば解決するさ。悪夢は見なくなる」

「さすが兄ちゃん」

「おっと。そろそろシズの大好きな電車の時間だよ。朝はせめて八時起き、夜は十時に寝なさい。ゲームは？」

「一日一時間……」

「守らなかったら怒るからね」

「……はあい、ママ」

雫は泣きそうな顔になっているが、「わかったから」と言って車から降ろした。駅舎に入っていくのを見届けたあと、僕はしばらくの間、飴色の簪を見つめていた。

問題は、妹がどこの誰かわからないことだ。

二

翌日。

雨は降っていないが、重い曇《くも》り空だった。ときどき、どこかで降っているようなにおいがする。

午前十一時半、自宅での読経が終わったあと、祖父が生前親しくしていた十人の友人らとともに、町にある料亭に入った。和室に絨毯《じゅうたん》を敷いたテーブルの個室である。全員男性、ブラックスーツに黒ネクタイという、いかにも法要帰りご一行様である。

十一人でテーブルを囲み、次第に酒が入ってくると、生前の祖父の話題が多くなる。うわばみで勝てた試しがないとか、どんなに酒が入っても顔色ひとつ変えなかったとか。正直言って、ついていけない。祖父のことで知っていることなどほとんどないからだ。だが僕も酔わない体質だ。それは祖父譲りだとわかった。そんなことまで似ているのか。

それに、ひとりだけ僕を監視するように睨《にら》んでいる人がいるのも気になる。向かい側に座っている、僕と同い年くらいの男だった。たしか奥田《おくだ》といい、地元の大学生だと思う。短髪で日焼けをし、やたら筋肉質で、アウトドアが好きそうな雰囲気だ。

奥田の隣にいる年配の男性が、彼をたしなめた。

「こらこら奥田くーん。そんな熱視線で見ないの！　熱唱しちゃう！」

「ちょ、早野《はやの》教授、酒臭いですよ。何言ってんですか」

「ふー！　ひひひひ！　『安全地帯』だよ！」

「……」

この酔っ払い教授は、生前の祖父が入っていた郷土史の研究会の会長で、地元の大学の歴史学者だという割と偉い人らしいが、酒に弱いらしい。まだビール二杯しか飲んでいないのに、すっかりできあがってしまった。奥田に絡んでは嫌がられている。

「お孫さん、直江《なおえ》先生の財産、処分するんですか」

酔っ払い教授をようやく振り切り、奥田がとうとう僕に話しかけてきた。射るような視線で、居心地がとても悪い。

「え……ああ、そうですね。すでに資料館や大学に寄贈しています」

こんなときに助けてくれそうなのは館長だが、あいにくもっとも遠い席だ。周囲と和《なご》やかに談笑しており、僕の視線に気づかない。僕がこちらに来てから、なにかと関わりがあって親しくしてもらっているのだから、今日も近くの席にいてもらえばよかった。

困ったなあと思っていると、奥田から追撃が来た。

「アレは？」

「アレ……といいますと」

「先生の宝物」

「はあ。……宝物、ですか」

「知らないんですか？　旧山埜《やまの》村にまつわる宝物」

口振りがなんだか僕を非難するようで、あからさまに棘《とげ》を感じる。彼は、生前の祖父と何かあったのだろうか。

「見ていないというか、そういったものは特にありませんでしたが……」

祖父の家に金庫はない。銀行の貸金庫に入っていたのは、土地の権利書と契約書、生命保険の証書だった。宝物と形容できそうなものは特になかったと思う。不動産と車両の他は、現金と有価証券、残るは書物という状態だったので、いうなれば祖父の財産は、ほとんど紙製といえる。

「何かお聞きになられていたんですか」

僕が訊ねると、奥田は意地悪そうに笑った。

「知らないならいいですよ」

すると、教授の向こう側にいた、祖父と同世代の面々が助け船を出してくれた。

「奥田くん。そんなこと言わないの」

「気にしないでね、晶《あきら》さん。奥田くんって、直江先生とすごく親しくしてたから、本物のお孫さんに嫉妬《しっと》してるだけなんだよ」

「あー……」

「なっ、嫉妬ではありませんから！」

「まあまあ。奥田くん落ち着いて」

不穏な空気になりかけたが、ちょうどよく（？）早野教授がビール三杯目で潰《つぶ》れたので、会食はおひらきになった。店を出ると、少し降りそうな予感がした。午前中よりも雨のにおいが強まっている。

雫は今頃何をしているだろう。腕時計を見ると、午後二時前だった。起こさないと延々寝ているはずだが、まさかまだ寝ているということはあるまいなと考える。あちらは今日は晴天のはずだから、今日は、持ち帰った衣類の洗濯をしていればよろしい。そういった片づけに手をつけず、ゲームに興じている可能性が高い。のちほど電話しておこう。

僕は研究会の人たちに訊ねた。

「この近くに、山野《やまの》家の墓所があると聞いたんですが、歩いても行けますか」

山野家とはこのあたりの大地主一族である。いわゆる地元の名士というやつだ。

　すると潰れていたはずの早野教授が奥田の背をばんっと叩いた。先ほどまで、捕獲された宇宙人のように両脇を抱えられていたのに、酔いが醒《さ》めたのか。

「おうっ、奥田くん、せっかくだから晶くんを案内してあげたまえ！」

「ええっ、どうして俺が⁉」

　奥田はいかにも嫌そうに眉を寄せている。

「それは私が千鳥足だからだよーん！　ふひひひ！」

　早野教授は千鳥足を殊更《ことさら》アピールするように踊った。誰だよ早野先生にビール飲ませたの、と奥田が呟《つぶや》いた。斜向《はす》かいの僕が流れでビールを注いだので、少し責任を感じている。でも注がなければ手酌《てじゃく》しようとしていたから、結果は同じだ。彼の惨状《さんじょう》は仕方ない。

「別に結構です。場所さえわかれば」

「はあ？　簡単に行けると思ってるわけ？」

「ええ、その気になれば」

　あいにく、雫はいない（雫はナビとしても使える）。しかし、駅には町の観光案内があるし、案内所もあるからそこで聞いてもいい。研究会のメンバーである奥田ならば色々と詳しいだろうが、ややこしそうだから関わり合いになりたくない。

　早野教授と他八名をタクシーに乗せて見送ったあと、僕は歩き出した。奥田はついてきた。まさか本当に案内するつもりなのか。

「もし勝手に処分しやがったら、ただじゃおかないからな」

後ろから奥田がただならぬことを言った。僕は振り返り、彼を見つめた。もういい加減にしてほしい。財産の処分方法だって、専門外ながら真面目に取り組んでいる。

「祖父の財産は僕と弟が相続したんだ。君にとやかく言われる筋合いはない。適切に処分しているつもりだが、適切かどうかを答える義務だってない」

「何も知らないくせに、よく言ったもんだな。槙先生の気持ちを踏みにじりやがって」

「祖父の気持ちなんか関係ない。何も知らなかったことを、君に責められたくない」

僕はさらに歩いていく。料亭から歩いて駅まで行き、案内所に入ろうとすると、奥田が手首を摑《つか》んできた。力が強すぎて痛い。恨みのような感情が込められている気がする。

「こっち！　……つーか、なんで山野家の墓所に行くんだよ、おまえ、郷土史に興味なんかないんだろ」

「のっぴきならない事情があるんだよ」

僕は奥田の手を振り払った。

僕は雫の睡眠を守らなければならない。ただそれだけである。昨晩は調べものをしていて解決に至らなかったので、雫は悪夢を見ただろう。可哀相《かわいそう》に。

「チッ……意味わかんねえ」

奥田は背後で舌打ちしてぼやいた。僕だってこんなやつ面倒で付き合っていられない。

案内所の前に置いてあった町の簡易地図をさっと取って広げる。

山野家はこの町の歴史を語る上で重要な一族だ。町の中には山野家に関連する観光スポットがいくつもある。地図の下に、町の発展に尽力したとして、山野家当主の説明と似顔絵が載っている。

「山野厳一《げんいち》ね」

「山野家の最後の当主な。主に住宅用木材の売買で財をなした男」

旧山埜村の地主だった山野家は、もとは旧山埜村に鉱山を持っていた。だが最後の当主の時代には廃鉱となり、山埜村はダムに沈み、その頃に山から切り出した木材を売って財をなしたという。木材は船で運ぶ。拠点を海に移すことで復興した実業家だ。

「山野厳一氏は非常に厳しい人物だった。物を盗んだ使用人の両手を折るまで叩いたとか、木に吊るしたとか」

「会ったことがあるのか？」

「俺が生まれた年に死んだ。生涯現役で、一年の大半は海の上にいたから地元にはほとんどいなかったみたいだけど、槇先生は会ったことがあったらしい。厳格な人だと言っていたな。山の男として生まれ、海の男として死んだとか」

「ふーん……」

「墓参りでもすんのかよ」

「そんなわけないだろ」

僕はスーツのポケットの中から、飴色の簪を取り出した。

「これを返しに行くんだ」

「なんだそれ」

「あんた、『巷説《こうせつ》山埜風土夜話』は知ってるか。祖父の遺作……ただの小説なんだけど」

「槇先生の……遺作だって？」

奥田は知らないとわかった。短気らしく、すでに苛々《いらいら》している。長く親しくしていた自分が知らず、ぽっと出の本物の孫が知っているのが悔しいのだろう。悔しさを僕に向けられるのは理不尽だが、気持ちはわからないでもなかった。だからなるべく傷つけないように言った。

「財産を片づけているときに、弟がボツ原稿を見つけたんだ。山埜山系にまつわる怪異譚《たん》だ。天狗《てんぐ》だとかマンボウだとか……。時々、作品に関係するトラブルが起こる」

僕は『巷説山埜風土夜話』の写しを鞄から取り出した。奥田は黙って僕の手から写しを受け取り、開いた。

三

『ここにある小話集は、山埜村の村民より聞いた恐ろしい話を、あらためて記録したものである。ただし、真偽のほどは定かでない』

＊

『鬼の棲家《すみか》』

山野家には鬼が棲《す》んでいた。

全身が黒く、丸みを帯びたぼこぼことした体で、こぼれおちそうな目玉と削ぎ落ちた鼻、裂けた唇を持ち、にやにや笑っている。

鬼は、ひがな一日大人しく表座敷に座っている。屋内を行き交う人を眺めているときもあれば、他人の背後につくこともある。

今から思い返すに、それは鬼ではなく、実は死神なのだと思う。他人の背後に張りついたそれを見つけたら、一両日中にその人物は死ぬからだ。

物心つく以前から、私には鬼が見えていた。

私が生まれた頃は山野家にはまだ活気があり、所有する鉱山ではまだ石英がとれていたし、商いは順調そのもの、父も母も祖父母もおり、大祖父、大祖母も存命で、住み込みの下男下女、通いの手伝い、雇われを含めると、百人近くの大所帯だった。だからか私はその中に鬼を見ることも多く、母が生きていた頃は、今日は誰々さんについたとか、今度は誰々さんについたとかを言って困らせた。

私が八歳のとき、鬼は母についた。

私はなんとかして鬼を剥がそうとしたが、努力のかいなく母はみるみる萎《しぼ》み、三日後には死んだ。以来、山野家は衰退の一途を辿《たど》り、私が十歳の頃にもなると、祖母、父、後妻、私の四人にまで減っていた。

父は後妻を娶《めと》ったあと、木材の貿易事業のために海に出るようになり、沿岸の町で暮らし、山の家には寄りつかなくなっていた。

後妻は、先妻の息子である私を煙たがった。後妻が膳の用意をすると私だけが少なく盛りつけられる。衣服を繕《つくろ》われることもない。祖母は私を溺愛《できあい》していたが、目の悪い祖母では生活は回らない。裏の畑で祖母が世話をしている野菜では空腹は満たせなかった。炊事、洗濯掃除、なんでも自分でやった。

ある日、父が少女を連れてきた。名前は蛍《ほたる》といった。

家の裏の出入口に、よそ行きを着せられた七歳の女の子が立っていたのをよく覚えている。鶴の刺繍《ししゅう》のある赤い着物、金色の帯を締め、紅《べに》をさし、飴色の簪、帯留め、下駄、すべてが眩《まぶ》しいほど目に鮮やかだった。

父は港で身寄りがないのを拾ってきたのだと説明したが、私は父が外の女に産ませた子だと思う。つまり私の母違いの妹だ。そして私以外のみんなもそう思っており、特に後妻は、父が海に戻るや否《いな》や、養女を激しく折檻《せっかん》した。

よそ行きを剝ぎ取り、粗末な着物を着せ、髪飾りを奪い取り、何もなくとも容赦《ようしゃ》なく打ち、髪を摑んで家中を引きずり回し、恐ろしい形相で罵《のの し》った。

妾《めかけ》に産ませたという理由だけでなく、蛍が美しかったせいもあるだろう。

父が蛍を置いて去った二日後のことである。

後妻は、裏山にある試掘跡がちょうどよい広さだといい、崖《がけ》の横穴であるその洞穴《ほらあな》に蛍を閉じ込め、木製の格子《こうし》をはめた。

あるいは体当たりでもすれば簡単に外れそうな脆弱《ぜいじゃく》な造りの格子だったが、後妻は洞穴の真ん前に生えるミズナラの木に毛皮を剝いだ野兎《のうさぎ》を吊るし、洞穴を一歩でも出れば同じように皮を剝いでやると宣言した。

後妻は本当にやるだろう。私はそう思った。蛍が虐待《ぎゃくたい》されることで相対的に私への被害は減ったが、精神的にはとても落ち着ける状況ではない。表座敷の鬼はにやにやと笑いながら、私たちを見ていた。

蛍には食事が与えられなかった。少なくとも私は、後妻が蛍に食事を与えていた様子を見たことがない。今頃蛍は洞穴の中でどうなっているのだろうと、私は怯《おび》えていた。

私はその試掘跡には近づかなくなり、日々息を殺して生きていた。

そのうちに、祖母の目がいよいよ悪くなってきた。

畑にはなんとか行き、食事の用意もなんとかできるが、じきに家の中を歩くこともままならなくなってきた。しかし祖母は、ある真夜中に私の部屋にやってきた。

「お願いよ、これをあの子に持っていって」

私は祖母のしゃがれ声と、両手に温かいものを渡されたことで、すぐに使命を悟った。

大きな葉で包み、細いつるで縛ってある。食べ物だ。祖母が蛍を生かしていたのだ。蛍は生きている。

「今夜は月が明るいから、昨日よりも歩きやすい」

私の背に祖母は静かに言った。これまで夜道を歩いた祖母に、私は感謝した。

私は裏山の山道を歩いた。虫の大合唱と、獣《けもの》の気配、私の息遣い、木の根や落ち葉を踏む音、緑の濃いにおい、風はなく、夜は明るい。じきにミズナラが見えた。干からびた野兎の影もある。格子は月に照らされ、私は少しほっとした。その瞬間であった。

「もうよろしいか。帰りましょう」

背後から掛けられた後妻の声に私は腰を抜かし、祖母に渡された食べ物を取り落とした。後妻は大儀そうにそれを拾い、山の灌木《かんぼく》に向かって放り投げた。奥の傾斜を転がり落ちていく音が聞こえる。

山道を引きずり回されるのではないかと思ったが、はたしてそのとおりにはならなかった。後妻は来た道をくだっていっただけで、私を見逃したのだ。

だがその背には、次はないという意思が表れているように感じた。

私は恐ろしさに膝《ひざ》が震え、しばらくの間その場から動けなかった。

洞穴からは物音ひとつ聞こえない。

翌朝。

祖母からの使命を遂行《すいこう》できなかった私は朝餉《あさげ》をとりながら悔やんでいた。蛍はまだ生きており、おそらく飢《う》えに苦しんでいる。そう思うと食事が喉《のど》を通らない。

片づけをしている頃、ふと異変に気づいた。

いつもどおり表座敷で笑っていたはずの鬼が後妻についている。すると、私の胸に、鬼が母についたときとはまったく異なる感情が湧いてくる。

三日以内に後妻は死ぬ。地獄のような生活から抜け出すことができる。蛍を助けることもできる。それは生涯誰にも明かせぬ、昏《くら》い歓喜だった。

それから後妻が死ぬまでの時間ほど長く感じたものはない。後妻は期待どおりみるみる萎んでゆき、私はある晩、今夜が峠《とうげ》だろうと思った。

「もう一度行く」

と祖母に言う。祖母は私に荷を渡してくれた。温かい食べ物だ。

蛍はまだ生きているのだろうか。

「早く行ったげてくれ。たったひとりの、おまえの妹だ」

祖母は涙ながらに言った。

私はふたたび山道を行く。以前の夜よりも暗く、木陰《こかげ》のせいで足元はほとんど見えない。

できるだけ明るい道を選んでいく。ミズナラの木はすぐそこに迫る。背後を振り返ったが、後妻の姿はない。追われていない。

私は月明かりを頼りに格子を覗《のぞ》き込む。

「蛍か」

私は初めて妹の名を呼んだ。

「誰ですか」

と返答があったとき、心から安堵《あんど》した。

私は格子を無理矢理外した。やはり簡単に外れた。蛍は奥の暗いところにいるようだ。

「出ておいで。もう大丈夫だから」

一歩でも越えれば野兎のようになる。その恐怖のため、蛍はなかなか出てこない。

私は洞穴に足を踏み入れた。ここは鉱石がとれるかどうか試掘のための穴で、人一人分の浅い穴だ。手を差し伸べると蛍は手を重ねた。なんと細く頼りなく、軽いのだろう。食事を渡すと、ゆっくりと食べていた。

私は外を眺めながら言った。月明かりさえも頼りないが、確かに自由の夜だった。

「これからは、もうどこにでも行ける、どこに行きたい。私が連れて行ってやる」

すると蛍は言った。

「海が見たい」

私には、この少女はもう長くないとわかっていた。遠い海に辿り着くだけの力は残されていないだろう。こんなに瘦《や》せて、あまりに哀れだった。

「わたし、海の近くで生まれたの。海が見たい。一目……」

「……わかった。海を見せてやる」

私は蛍を背負い裏山を下る。途中に山野家がある。室内を覗くと後妻が倒れていた。そして後妻を引き止めるかのように祖母が折り重なって事切れている。

私は蛍を背負ったまま、このへんでいちばん高い山を目指した。標高がもっとも高い山は天狗の出る山で、山頂にゆけば、周りを見回せる平らなところがある。天狗がそこで休むと言われている。そこならば、蛍の願いを叶えてやれるだろう。

蛍を背負い、夜の山道を歩いた。道中は息が上がり、何度か休んだ。空気に明け方の気配を感じる頃にようやく頂上にいたったと思う。

うすもやの世界を見下ろしながら、はるか遠くに、町の明かりとかすかな朝の光が見えた。太陽の方角だ。

「ああ、海が見える」

蛍が言った。

「ここから、わたしの海が見える」

急に背が軽くなったと思えば、蛍の姿がなくなっていた。明けのむらさき色の空に一羽の鳥が風にのって羽ばたいていくのを、私は黙って見ていた。

山野家に棲む鬼が誰だったのか、私にはわからない。

死んだ後妻か、私を追おうとした後妻の背を刺した祖母か、すべてを置き去りにした父か。あるいは後妻の死を願った私だろうか。

『鬼の棲家　匿名《とくめい》　昭和六十年八月』

四

「これは……」

奥田は好奇心に満ちた瞳で、読み終わったばかりの冊子の表紙を見つめていた。僕は言った。

「この話は、山野家が断絶する直前の出来事だと思う。百人以上の関係者が死んだり離れたりし、最終的に海に出たままの父親と語り手以外いなくなった」

地元の名士であったはずの山野一族。

先妻の息子だという語り手が兄で、半血と思われる妹、後妻が奪い取った簪、妹を背負って山に登る悪夢。そういった共通項を考えるに、『鬼の棲家』という話と、「妹に飴色の簪を返したい」という『誰か』に憑かれた雫の悪夢は関連していると思う。つまり妹に簪を返せば、『誰か』の望みは叶い、雫は悪夢を見なくなる。ならば、山野家の墓所を探せばいい。そこに、妹が眠っているはずだ。

昨日、雫を駅に送ったあと、『巷説山埜風土夜話』を読みながら祖父のパソコンを開け、データベース化されていた資料を読むことでようやくここまでこぎつけた。

祖父のパソコンには、母から送ったと思《おぼ》しき僕と雫の写真が入っていた。だが、家族写真は一枚二枚程度で、主に仕事用だった。

祖父は、地元の大学教授や郷土資料館の館長、その他複数名とともに研究会を行っており、県内の学校で使われる社会科の副読本を編纂《へんさん》していたらしい。

そのうえ、博物館と郷土資料館と町役場のホームページの文化部門を担当していたらしく、その痕跡があった。

奥田は、黙って山野家の墓所まで案内してくれた。町外れにある広い墓場で、たくさんの墓石が並んでいる一番奥に雑木林があり、そこにひときわ大きな古い墓所があった。誰もいない霧《きり》がかった墓地に、山鳩の鳴き声だけが響いている。

墓地の敷地内にドアのような大きさの霊標《れいびょう》があった。霊標とは、戒名《かいみょう》と俗名、没年月日、没年齢を刻む石板のことだ。山野家の先祖代々の墓らしく、たいそう金がかかっていそうな立派な戒名が連ねている。

墓前に飴色の簪を置いたあと、手を合わせてみた。しばらく黙っていた奥田が口を開いた。

「……用は済んだか？」

「これで雫が悪夢を見なくなればいいけど」

「ふーん……」

細かい傷だらけの飴色の簪。はっきりいって不気味な品だが、僕が持っていても何らの異変も感じない。悪夢も見ない。だからこれが正解かどうかは、雫にしかわからない。僕は蚊帳《かや》の外なのだ。

雫だけが『誰か』――おそらく『鬼の棲家』の語り手である先妻の息子に憑かれ、彼の後悔のために悪夢を見ている。死んだ妹を背負って山に登るという内容だ。飴色の簪は、後妻の手によって奪われ、兄は探したが見つけられなかったのだろう。

兄は返したいと願ったが、生きているうちには叶わなかった。だから自分の願いを叶えてくれるような、霊感のある人物の登場を待ち望んでいた。そして選ばれたのが雫だった。

奥田に簡単に説明をしたが、ピンと来ていないような、訝《いぶか》しげな反応だった。奥田は雫を直接知らないいし、突拍子《とつぴょうし》もない話だから無理もない。

「ところで奥田くん。君、あの霊標って読める？」

「え、ああ」

霊標は古い石板である。石は灰色で、ところどころ苔生《こけむ》しており、変体仮名で刻まれているので現代人にとって非常に読みづらい。奥田に訊ねると、奥田は霊標を見て、目を細めた。

「読めるけど。あれがどうした？」

「蛍っていう七歳の女の子がいるはずだけど、僕には書いていないように見える」

すると、奥田も霊標を見ながら首を振る。

「……ないな。書いてない」

「やはりそうだな」

山野家の霊標の最後尾は、俗名山野厳一だ。山で生まれたが海の上で死んだ実業家。語り手の父だろう。お寺に何百万円積んだのだろうかと思うようなとても立派な戒名が刻まれている。しかし、その付近にありそうな、蛍という少女の俗名はない。山野家は蛍が現れた頃には相当人数が絞られているはずだから、後ろのほうにあるはずなのに、名前はどこにもない。語り手の名前はわからないが、後半部は女性が続いている。おそらくだが、山野家に見切りをつけ、冷たい父を置いて家を去ったのだろう。

「……蛍は、妹じゃなかったのかな」

実際、山埜夜話の中で、蛍を娘だとは言っていなかった。表向きは、港で拾った身寄りのない娘だ。誰も信じなかっただけで……。

「だとしても、養女だったら墓に入れるだろう。山野厳一は厳格だったが、身内に対しても他人に対しても誠実だという評判だった。義理人情に厚く、裏切りが許せない人間だったんだ。幼い養女に対し、冷たい仕打ちをするとも思えない」

ではどこか別の場所に手厚く葬《ほうむ》られているのだろうか。

「そうか……ここ以外に、山野家に関する場所は？」

「山ほどある」

「山ほどかあ……」

この山埜夜話からすると、妹の墓所としてもっとも有力な候補地は、山埜山系に連ねる『天狗山』だ。山埜村よりもさらに奥にある。

語り手は彼女をそこに運んだと語っている。だとすれば所縁あるその地に眠っている可能性は高い。

だが天狗山はかなりの登山ルートだ。あの語り手が十歳にして妹を背負って登ったというのが信じられないほど険しい。

おまけに天狗山は、秋が暮れる頃には雪が降るといわれている。それほど寒く高い。そうはいってもまだ初秋であるし降雪はしていない。さっさと済ませなければならない。

「仕方ない、登るか……」

肩を落としつつ僕が呟《つぶや》いたとき、奥田は思い出したように言った。

「待て。山野家といえば、すぐの小山《こやま》を切り拓《ひら》いた上に離れがある。そこに……地蔵があった気がする……」

「地蔵？」

「ああ、庭石と間違うような小さなものだったはずだが……見に行くか。少し気になる」

ここから遠くないという。一度供えた飴色の簪を拾い上げ、僕は奥田についていくことにした。

五

小山というのは、町にもともとあったそれなりの山を禿《は》げ山にし、宅地開発をした場所らしい。今では見晴らしの良いただの丘だが、もとは小さめの山だったと奥田が言った。むかしは小山村と呼ばれ、いまは町の一部で、小山一丁目から五丁目の広い宅地である。

その頂上付近に、山野家の離れと呼ばれる純和風の大邸宅があった。山野家の私財は厳一の死去とともに町に寄付され、山野別邸も入館料金大人一人二百円で公開されている。

僕たちは入館し、庭を目指した。

広い日本庭園。低木と築山で曲がりくねった露地の敷石を踏んで歩いていく。橋、手水鉢《ちょうずばち》につくばい。

庭は、広々とした町と遠い海とを借景とし、はるか彼方《かなた》まで見渡せた。海がある。距離的に遠いと思っていたが、少し登れば海が眺められるなら、天狗山よりも先に来てよかった。天気は相変わらず悪いが、風が出てきたためか雲がどんどん流れていく。

「こっちだ」

奥田が順路を外れた。彼の背を追っていく。飛び石がなく、苔生している。滑りそうだ。木立を縫って歩く。やがて庭の奥深くに、木に囲まれた小さな祠《ほこら》を見つけた。

「あれだ」

奥田にすすめられるまま祠に近づき、三角屋根を覗き込む。庭石と見紛《みまが》っても無理のないほど風雨に削られてわかりづらいものだったが、確かに地蔵菩薩《ぼさつ》だった。地蔵菩薩の多くは、優しい表情をしていて、右手に錫杖《しゃくじょう》を持ち、左手に宝珠を持っている。ここにあるものも、ごく一般的なものだ。

「おそらくこれだ……」

奥田は言った。僕は頷《うなず》いた。それぞれ、考えていることは一致していそうだ。

これが蛍の墓所だということだ。

僕は祠の中に鎮座する地蔵のさらに裏側を覗き込んだ。風雨を凌《しの》げる隙間に、小さな乳白色の骨壺《こつつぼ》が安置されていた。間違いなかった。

「あったよ。地蔵なら、蛍を守るのにちょうどいいからね」

子が早くに死ぬと、親不孝とみなされる。子は賽《さい》の河原で石積みをし、仏塔を作らなければならない。その仏塔を壊しに来るのが鬼で、鬼から子どもを救済するのが地蔵菩薩だといわれている。

ここにある地蔵菩薩が、山野家に棲む鬼から子を救うためのものだとしたら、蛍をとても大切に思うひとの、彼女に対する最大限の配慮だと思う。蛍が山野家の墓に入っていなかったのは、排斥《はいせき》されたのではなく、そんなところでは蛍は安らかに眠ることができないからだ。

もう誰にも脅《おびや》かされることなく、どうか安心して眠ってほしい。という願いが伝わってくる。それは憐《あわ》れみではなく、幸せを願うような気持ちではないだろうか。大きな存在に守られながら故郷の海を眺められますように。

「なんで庭に地蔵があるのかと思ってたけど、そういうことか」

「知っていただけ凄《すご》いよ。見落としそうだから」

「ふん。当たり前だろ」

「あ！　奥田くん、見てくれ！　ほら。ここからも海が見える」

祠の裏の柴垣は少し開いている。ドアポストのような穴だ。しゃがんで覗き込むと海が見えた。鳥が渡っていくのも見える。奥田は僕の隣でしゃがんだ。

「おー、絶景だなー」

「だねー」

いよいよこの場所は蛍のための場所だった。彼女は海を見たがっていたのだから。一目海を見たいと切望した蛍のために誂《あつら》えた秘密の場所だ。

「山野厳一は、娘のためにここを建てたんだね。冷たい父親だと思ったら意外と良いところもあるじゃないか」

僕はそう言ったが、奥田は「違う」と答えた。

「え？　違うって何が？」

「違う。厳一の『娘』じゃない。山野厳一は昭和五年生まれ。山奥《やまおく》ダム建設の予備調査が昭和十五年。昭和二十年から三十年にかけて補償交渉と建設。三十年完成。完成当時、厳一は二十五歳。山野家は早い段階で山の土地を手放し、厳一の父親の代で始めた貿易事業を拡大させた。山野厳一は、生涯結婚しなかった。父親の不義理のせいだ」

不義理と聞いてわかった。父親は愛妾《あいしょう》を囲うなどをしていて、外に子どもを作るような男だった。厳一は実母の死後、後妻にいじめられて育ったのだ。家庭に希望が持てなかったのだろう。

「ああ、そうか。じゃあ最後の当主は……」

妹を亡くした語り手が、山野家の最後の当主・厳一なのだ。彼は山野家を生き延び、海に逃げた父の後を継ぎ、山野家を再興させたのだ。そして山野家を終わらせた……。

祖父は山野家最後の当主に会ったという。匿名とされている『鬼の棲家』は、山野家の当主から聞いたものなのだ。

僕は祠の中に飴色の箸を置く。ここが正解だと間違いなく思った。

彼女の眠りを妨げないよう、ふたりで静かに手を合わせた。奥田が不服そうに言った。

「なんか、納得がいかないな」

思わず、手を合わせている奥田の横顔を見る。奥田は地蔵を見つめている。

「蛍に謝罪すべきなのは父と義母なのに、厳一が割を食っている気がしないか？」

なるほど、奥田の言い分はもっともだ。

「そうかもね。でも、そうじゃないかもしれないよ」

「どういう風に思うんだ」

「もっとシンプルに、皆にいじめられている気の毒な子がいて、優しくしてあげたかったんじゃないかな。彼しか手を差し伸べられそうになかったから」

傷ついている人に優しくしてあげたくなる気持ちで、もう傷つかないでと願う。そういう性質の人物ではないかと思う。想像に過ぎないけれど。兄として妹を守るという絆《きずな》ではなく、人間として人間を守れるような器《うつわ》の人物だったからこそ、大成したのではないだろうか。

奥田は黙り込んでしまい、僕は伸びをしながら言った。

「そろそろ帰ろうか。今日は付き合わせて悪かったね」

「……別にいい。庭地蔵の謎も解けたし」

「正直助かったよ。頑張って天狗山に登るところだったからさ」

奥田に向かって笑うと、奥田は奇妙な表情をした。

「あんた、直江……晶だっけ」

「うん」

「槇先生の後を継ぐのか？」

「え……いや、そのつもりはないけど」

「なんだ。つまらん」

奥田は庭を戻っていく。会食のときよりも打ち解けたと思ったけれど、気のせいだったか。並んで歩いていく。

「僕は君みたいには、祖父のことを信用できないんだ」

「人を単純みたいに言うな」

「仕方ないだろ」

山野別邸を出て小山をおりていく途中、僕は立ち止まった。先を行く奥田の背に言った。

「僕は、祖父と会ったことがない」

黙って坂道をおりていく奥田の背に、勝手に喋《しゃべ》り続けながら追う。

「祖父が郷土史の研究をしていることは知ってたよ。母親が本を持っていたから。社会の先生をしていたことも知ってた。だけどそれだけだ。どれだけ似ていても、血が繋《つな》がっているだけの他人だ。僕はずっとそう思っていた。祖父だって、僕たちをどう思っていたのかわからない……」

祖父のことを知りたいと思ったものの、パソコンにも倉庫にも、祖父の人となりがわかるようなものは残されていなかった。

あわよくば日記でも残っているかと思ったが、日記をつけてはいなかった。祖父が僕や雫をどう思っていたのかはわからないままだ。

「祖父の来客を相手にしているうちに、いろいろと興味は湧いてきた。気になることは調べておきたい性質《たち》だからかもしれないけれど。だけど、どうしても許せないことがある」

母が死んだと伝えたのに祖父が来なかったという衝撃は大きかった。なんと寂しい葬儀だろうと思った。雫と二人組になって骨を拾った。

三人だったのに、二人になってしまったこと、もう二度と母が帰ってこないこと、今よりも幼い雫の泣き顔、これからどうしようという不安。十八歳の自分にできることは何か。

たった二年前なのに、ずいぶん経《た》ったように感じるし、昨日のことのように思い出せる。

当時を思い出すと、条件反射のように、たまらないほどの心細さが過《よぎ》る。それでも、悔しさをバネになんとかやってきた。ひとりぼっちではなかったからだ。

祖父には手術というやむを得ない事情があったことを、こちらに来て初めて知った。だけど事情があるのなら、当時知りたかった。真実を知っていたら、あれほどショックを受けなかったのに。会って言い訳をしてくれたら、許すことができたのに。知ることができたのは偶然だった。祖父は何も説明しないつもりだったのか。

つい色々考えてしまい、当時の事情を知った今でも、許せないという気持ちが解けないでいる。

知れば知るほど気持ちのおさまりがつかなくなると思いながらも、知る機会があるのならば逃したくない。

「きっと祖父のことは、君がいちばんよく知ってる。僕よりもずっと。だからさ、少しでもいいから祖父について教えてくれないか。君さえよかったら、だけど」

僕が言うと、奥田は立ち止まって振り返った。

「……はあ、そういうところとか、顔とか声とか、いちいち槇先生そっくりなんだよな」

「え?」

「さっきさ、あんた、『奥田くん、見てくれ』って言っただろ。あれ、槇先生かと思った」

奥田は泣きそうな顔で笑った。たぶん祖父のことを思い出しているのだろう。こちらが黙っていると、奥田はそっぽを向いて、目元をこすった。

「あんたは、俺のこと知らなかっただろうけど、俺はあんたのこと知ってたよ。槇先生があんたたちのこと話してたから」

「えっ、祖父が？」

「ああ。みんな知ってたよ。槇先生にお孫さんがふたりいること。財布に写真入ってたし」

「財布？」

「ああ。見ていないのか？」

「……見てない」

祖父の財布は簞笥《たんす》に仕舞いこんである。現金の入っているものと、免許証やクレジットカードの入っているものとふたつあり、カードのほうを優先して確認したっきりだ。クレジットカードは早めに解約する必要があった。現金のほうの財布は、二万円入っているなとちらっと見ただけで放置していた。

「見とけよ」

小山の麓《ふもと》のバス停に、ちょうどバスが来た。

「今日は……面白かったよ。じゃあ、またな」

奥田はバスに飛び乗った。ぽかんと見送る形になっていると、奥田は振り返ってニヤリと笑った。

「あっ、ちょっと待ってくれ！」

しかしバスはドアを閉め、僕を残して走り去っていった。ついでに雨まで降り始めてしまった。

六

祖父の家に到着した頃には、すっかり日が落ちていた。今、何時だろう。時計を見ると七時を過ぎている。曇天《どんてん》の隙間から町全体が薄明光線に照らされ、一瞬にして山の端に太陽が沈んでいった。夏なのに、山は暗くなるのが早い。

帰りついたらどっと疲れた。小山と祖父の家はそれほど離れていないと判断したが、案外遠かった。歩き疲れだ。奥田を追って、一緒にバスに乗ればよかった。雨まで降ってきて散々だ。といってもすぐに止んだのだが、濡れたまま歩いたせいで寒い。

食事を摂る気にもなれず、作る気にもなれない。雫がいないとバランスの良い食事からは遠ざかってしまうのが常だ。玄関に入ってただいまと言い、明かりを点《つ》けた。

手を洗って着替える。それから、居間の箪笥に仕舞っていた祖父の財布を取り出した。財布はふたつある。免許証やクレジットカードが入っている折り畳《たた》みの財布と、札入れと小銭入れのついた現金用の長財布だ。

カードの財布は急いでカードを解約したり、カードが止まったので手払いをしたり、なにかと忙しかった。現金の財布は手付かずだった。

奥田の言うとおり、長財布の小銭入れの内側に、小さな紙片が折り畳んで入っていた。古いインスタント写真だ。僕が生まれたばかりの写真と、生まれたばかりの雫の写真だった。折り目がひどいのも、全体的に擦り切れているのも、折に触れて取り出して眺めたという感じがする。

僕の写真の裏面にはご丁寧に僕の誕生日を示す『0214』と書かれた上、出生届の提出日であり、パソコンのパスワードである『0227』も書かれていた。僕は確信してしまった。僕の名前をつけたのは、祖父だと。何の根拠もないのに。

さらに写真の裏側には、僕と雫の自宅の電話番号が載っている。病院から祖父の訃報《ふほう》が入ったのは、この紙があったからか。祖父からの電話は一度もかかってきたことがない。死の報せが最初で最後だなんて……。

僕の携帯電話に着信があったのはそのときだった。『直江雫』である。

「どうした?」

『あっ、兄ちゃん！　解決してくれたよね！　ありがとう。肩が軽いし、昨日は夢を見なかったよ』

明るい声を聞くと安心した。にこにこしている雫を思い出すと、幸せな気分になる。

「よかった。解決したのは今日だけど」

『え、そうなの？　夢を忘れてるだけかな？』

「そうかもな」

僕は雫に、今日の四十九日とその後の会食、そして奥田と墓所探しをしたことを簡潔に話した。雫はじゃあ今夜からも悪夢を見なくて済むと言って喜んだ。

「そういえば、奥田くんが、祖父が宝物を持ってるって言ってたんだけど、心当たりはあるか？」

『宝物ー？　えー、そんなアイテムあったかな？』

「そう。貴金属だろうか。山埜村にまつわるもの」

『あー、鉱石かも？』

「ああ、山埜の鉱山でとれたのか。でもあそこは廃鉱だろう」

『廃鉱だけどね。渓流釣りしてると、たまに転石に入ってるの見かけるよ。石英とか蛍石とか。割ってみると固まって生えてたりしてわかりやすい。重いから持って帰らないけどね。価値はどうかなー？　雑魚《ざこ》アイテム感あるけど』

「なるほど。じゃあやっぱり祖父がどこかに隠してるのか」

といっても、家の中はほとんど片づけているが、特に見つけられなかった。屋根裏や畳《たたみ》の下など、わかりづらい隠し場所があるのだろうか。

雫が言った。

『んー、隠してはないんじゃない？』

「シズ、場所を知っているのか？　奥田くんが気にしていたんで、見つかったら見せてやれたらいいかなと思うんだが」

『いや、もういいと思うけどねえ……』

「そう持って回ったみたいな言い方するなよ。知っているんだったら隠し場所を教えろ」

『ヒントは石英』

「水晶のことか。そういえば玄関に、半透明の石の置き物があったな。あれかな？」

『あー、まあ、あれだけど』

やはり玄関横の靴箱の上にある半透明の石の置き物は、水晶なのだ。雫はどうせ特殊能力で知ったのだろう。

雫にはダウジング以外にも何らかの特別な力がある。だが雫は、ダウジング以外に具体的にどんな能力を持っているのか明かさない。僕も、雫の能力で新しく気づいたことがあっても、本人に伝えるべきとき以外は言わない。たとえば時々現れる『誰か』との会話は、できるだけ雫には伝えないようにしている。つまり雫の能力の全容は、雫自身も、僕も、誰も知らない。

雫は電話越しに苦笑している。

『あれは、まあ……代用品だよねえ』

「代用品？　どういう意味だ？」

『んー。本当はもっと別の、大切にしていたものがあったってことだよ。代わりにあの玄関の石を大事にしてた』

「……シズ、切るからな」

『ごめんごめん。待ってよ兄ちゃん』

僕は構わず終話ボタンを押した。雫が何を言っているか理解できないが、とにかくなんだか腹が立つ言い回しだった。雫のために奔走《ほんそう》したというのに、なんたる仕打ちだ。

雫のしたり顔を想像して、携帯電話を放り出し、明かりを消した。居間に敷いた布団に転がって、天井を見つめる。だいぶ疲れた……。

僕の中で、従前抱いていた祖父に対する悪感情は薄まっている。ここへ来た頃ほど、祖父のことを嫌ってはいない。

母と祖父は断絶していた。だからこそ、僕は母を許さなかった祖父に対する悔しさがあった。二十年間、ずっと。

だが、祖父があらゆる人に頼りにされていた様子から考えると、悪い人物ではなかったと今なら思える。僕が送った手紙にも、返事をしたかったかもしれない。手術があったから、事実を知るのが遅れた。すべてが終わったあとだったからタイミングを失っただけなのではないかと。

祖父は、そんな風に、何かとタイミングが合わないひとだったんじゃないだろうか。頑固だった性格が災いして、仲直りできなかっただけなのではないだろうか。それぞれの生活に追われるうち、死んでしまったのではないだろうか。

誰も自分が次の瞬間死ぬと思って準備などしていないのだ。胃がんになったとしても早期に発見していたから、僕たちに連絡はしなかった。館長などに訊《き》いてみたが、祖父が胃がんだったことを知るひとはいなかった。

出ていった娘をずっと案じていたとしても、娘が死んだからって、一度も会ったことのない孫のもとにノコノコと現れるのは白々《しらじら》しいように思えたのではないだろうか。僕だったらそう思う。言い訳がましいという気持ちが、連絡を後回しにさせたのではないか。

そういう風に祖父を知ると、また別の暗い感情が湧きあがってくる。

考えながら微睡《まどろ》んでいると、ふと誰かの気配を感じた。雫が使っていた畳んだ布団の向こうのあたりの闇《やみ》に、誰かが座っているようだ。畳を擦る音がする。線香を焚《た》いていないのに、白檀《びゃくだん》の香りが漂ってくる。

「……誰だ」

声を掛けたが反応はなかった。危険な感じはしない。だが迂闊《うかつ》に動けない。僕は霊的な存在を感知しない体質だ。だから雫という媒介《ばいかい》なしに接触するのは初めてだ。

こんなとき雫がいるほうがいいなと思う。雫の身体を借りる者は穏やかな性格が多いし、そもそも雫がいるだけで安心する。取り憑かれていると泣く雫の気持ちが今になってよくわかる。単純に怖いのだ。

次第に闇に目が慣れてくる。和服を着た男性の膝と、膝の上に置かれた老いて萎《しな》びた手が見える。頭を下げたらしい。禿頭《とくとう》の老人だ。ああ、彼か。見覚えがあり、僕は安心した。山野家を説明するパンフレットに載っていた肖像のとおりだ。

「ありがとうございました」

消え入りそうなしゃがれ声が、丁寧に礼を言った。それは、飴色の簪を妹に返したいと願った『誰か』だった。僕はやっと、『誰か』は雫の身体を借りることで、僕に解決させたのだと悟った。取り急ぎ、兄としての立場に共感できるのは僕自身に違いないからだ。

「どういたしまして」

そう答えたら、安堵したような息を吐き、いなくなった。少し笑った感じもした。これから、心残りのなくなった人が行くべき場所へ行くのだろう。白檀の香りが薄らいでいく。凄惨《せいさん》な過去を背負いながらも立派に生きて死んだ彼の、最後の小さな願いを叶えることができたのなら、疲れも心地好《よ》いものだと思える。

何の気配もなくなった部屋で、僕はゆっくりと目を閉じた。

僕の中で、ここに来た頃に抱いていたような祖父に対する悪感情は、確かに薄まっている。だからこそ、祖父のことを許せないという思いが強まっている。

まれびとさん

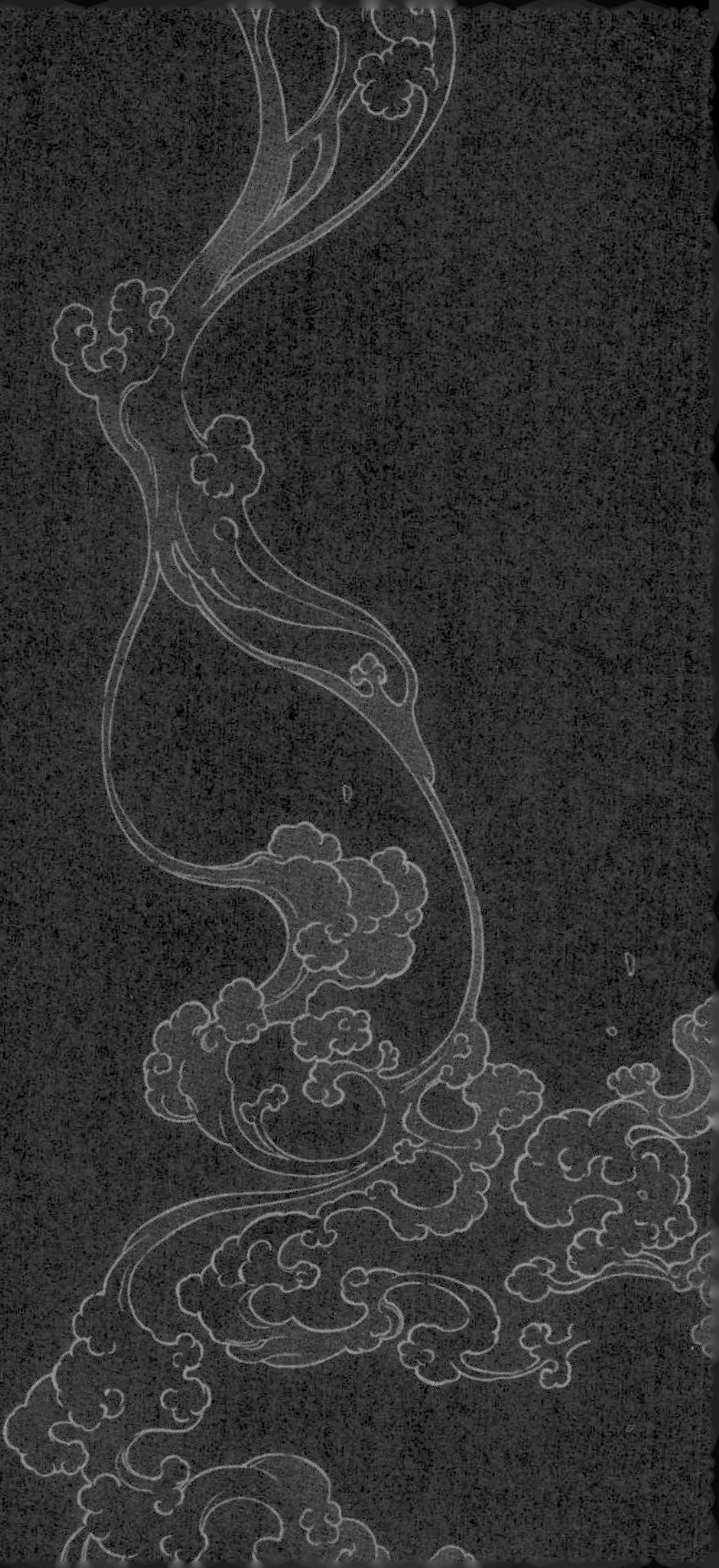

一

『空き家、買います』

電柱に貼られているチラシを見つけ、僕は立ち止まった。

(そろそろ買い手探しを考えるべきか……)

先日雫《しずく》と相談したところ、祖父の財産のうち、別荘や駐車場は収益物件として所有しておいてもいいという結論に至った。登記を確認したところ、別荘と駐車場は代々相続している土地だった。白浜《しらはま》の別荘は季節ごとに長期間借りる人がいるらしく、管理費や修繕費、固定資産税を払ってもお釣りがくる。駅前の駐車場は月極《つきぎめ》で、全十台のうち八台をレンタカー会社に貸し、残り二台も個人に貸している。

数年前に買ったという倉庫は、蔵書ごと早野《はやの》教授が買ってくれた。希少本があるので高く買うと言ってくれたが、僕にとっての価値は感じられないので固辞した。教授の今後に役立つのであれば祖父も本望だろう。

残るは自宅である。駅に近い丘の上の住宅地。百五十坪。なかなか広い。築四十年の和風平屋は、綺麗《きれい》に使ってはいるが経年劣化は否《いな》めない。一応、台所と風呂とトイレは十年くらい前にリフォームをしたらしいが、いずれも現在の基準より狭いし、全体としての設備は古い。隙間《すきま》風は冷たい。

もともと僕は、母親が持っていた神戸《こうべ》市内のマンションの一室を相続している。僕が生まれてしばらく経《た》って購入した物件で、購入当時は新築だった。現在、築二十年弱。２ＬＤＫ。生まれ育った場所なので、当然僕の帰る場所だ。

いくら祖父の家のほうが広い（７ＬＤＫの上、一室八畳以上ある）といっても、ここからだと大学は新幹線の始発で通学することになり、定住は現実的ではない。

とりあえず他人に貸そうかと考えたが、中古戸建に借り手がつくかわからない。かといって、空き家にして置いておく理由もない。いずれ処分しなければならないのならば早いほうがいい。

もともと、換価して分けるということは半ば決定事項だったので、雫は財産の処分は僕に任せると言っている。自分で考えるのが面倒なのだ。こういったことを考えるのはいつも僕の仕事だ。それはそれで問題なのだが、今は置いておく。兄弟間で争うよりはマシともいえる。とにかく、早期売却を考えるべきだとは思っていた。蔵書などの処分に思いのほか手間取ったので考えるのを後回しにしていただけだ。

「ちょっ、晶《あきら》、なんで立ち止まってんだよ！　振り返ったらいないから驚いただろ！」

先を歩いていた奥田《おくだ》が、ずいぶん向こうまで行ってから速足で戻ってきた。怒っていた。後ろに僕がいると思って話し続けていたのだろう。

「ごめんごめん。考えごとしてた」

電柱のチラシを見つけ、うっかり立ち止まって見入っていた。

「はー……」

今日は奥田に書斎にある本を見せてほしいと頼まれたので、商店街で食事を摂ってから祖父の家に入ってもらうことになっていた。昼食後買い物をして家に戻るところだった。なんだかんだ話をするうちに、奥田とは打ち解けつつある。

「もしかして槇《まき》先生の自宅か？」

チラシに気づき、奥田が言った。僕の考えていることがわかったらしい。ふたりで歩きながら話す。

「うん。人が住まない家は劣化が激しいというし……」

大学が始まったら、こちらには頻繁《ひんぱん》に来られない。そもそも地縁もなく血縁もない。まとまった休みにこちらに来る理由がない。のんびりした風土と周囲との程良い距離感は、田舎暮らしも悪くはないかとも思わせる。だが住んだら住んだで大変だろうとも思う。

「このへんであんなでかい家を借りる人もそういないだろうしなぁ」

「奥田には悪いけど、祖父の財産の中で一番迷惑だよ」

僕がそう言うと奥田はため息を吐いた。

「晶さあ、いつもネガティブってか、槇先生のこと悪し様《あざま》に言うけど、先生は、孫のこと気にかけてたぜ。そりゃ、普段は本ばっか読んでたけど」

奥田に言わせると、直江《なおえ》槇は僕と雫の現状を気にしていたという。財布に写真を入れていたことを教えてもらった。確かに入っていた。本当かどうかは知らないが、こっそり見に行ったと言っていたこともあるようだ。ちっとも気づかなかったが、どこかで会っていたのか。

直江槇は、真面目で少年のような純真な心を持っていたので、一緒にいると童心にかえったかのようで楽しかったと奥田は言った。奥田の祖父評は、『歳《とし》の離れた親友』らしい。

「君に、僕の気持ちはわからない」

我ながら子どもみたいだ。だが正直な気持ちだった。身寄りの少ない心許《もと》なさを抱えてきたことを、奥田にも伝えたかった。

奥田は自信満々に答えた。

「……いや、わかる」

「何がわかるんだよ」

「晶が、槙先生のことをわかろうとしてるってことだけはわかってる。過去と現在の距離を埋めようとしているんだろう。槙先生が、思っていたような人間じゃなかったから、困ってるんだ。自分の気持ちと折り合いがつかないんだろ。晶も悪い奴じゃないもんな。こんなこと俺が言うのも変だけど——すれ違いだよ。どうしようもなかったんだ」

奥田は臆面もなくそう言った。奥田は、おそらく僕を励まそうとしている。ぶっきらぼうだが、根はいい奴なのだ。僕の心のわだかまりを伝えたら、一緒に解こうとしてくれるだろう。

しかし、ここに来るまでの祖父への感情と、今現在抱いている感情は、少し種類が違う。祖父を知れば知るほど複雑にもつれていくのだ。

「だけど……。いや、いい」

言い争いになるのも慰《なぐさ》め合うのも本意ではないので、僕はこの話を打ち切りたいと願い、話題を元に戻すことにした。

「……奥田なら、あの家をどう処分する？」

奥田は僕の意図をわかってか、シンプルに答えた。

「アパート経営」

「攻めるねぇ」

つい笑ってしまった。奥田も少し笑った。

槇先生の自宅を処分するなんてと激怒するかと思いきや、奥田は案外現実的な提案をした。祖父の土地を更地にして、アパートを建て、アパート経営をする。百五十坪の土地活用方法としてはポピュラーといえる。

他に、駐車場経営、トランクルーム、施設に貸すなども考えられるが、駐車場やトランクルーム需要は薄そうだと感じている。コンビニ、介護系、医療系に貸すのは前向きに考えられるか。土地は広いが、太陽光発電ができるほど安い土地ではない。特急の停車する駅まで徒歩約十分。第一種低層住居専用地域と定められている。環境と利便性を兼ね備えた立地である。建物は無価値だが、土地は高く売れてもおかしくない。評価額も割と高い。

「リスク面が少し気になるんだよね。僕の学費は心配ないけど、弟の進学次第かな」

「ああ。確かにな」

正直、ローン返済や空室リスクも受け入れられる程度の現金はある。雫がこれから医学部でも目指すなら話は別だが、残念ながら学力的に可能性はゼロといえる。

どちらかというと、アパート需要のある場所だろうかという問題のほうがより懸案事項だ。目ぼしい企業も大学もなく、人の流動性がない。付近のアパートの賃料の相場は知らないが、都会よりもはるかに安いだろう。考えれば考えるほど手放したくなってくる。

僕は祖父の財産を相続し、来訪者に応《こた》える義務を負ったと思っている。自宅を手放せば、なんとなくひと段落つく気がする。

「そういえば、晶、学部は？　将来何すんの？」

「経済学部。第一志望は金融」

「なんか意外。金融ってハードなイメージ」

「まあ、業界はイメージどおりだろうな」

母を亡くして以来、頼れる大人がいない僕は、自分を守るための武器として、警戒心しか持ち合わせていなかった。おかしな主張をする人間も少なくなかった。経済や社会の仕組みを知ることは、自分と弟を守ることに繋《つな》がる。知識は鎧《よろい》になる。裏側を熟知すれば、道に迷うことはない。そんな風に考えてこれまでやってきた。

「まあ、公務員目指してそうってよく言われるんだけどね」

「そうそう。地方公務員で定年まで働くような感じかと思った。槇先生みたいに。でも、そうだな。晶、責任感強いもんな」

「責任感なのかな。まあそんなに忙しくないから、教職とっとけばよかったなとは思うけどね。奥田は？」

「お恥ずかしながら、流されるまま」

奥田は明るく笑った。笑顔を見ていると、そういう生き方でも上手《うま》くいく、どこにいっても可愛《かわい》がられるタイプだろうなと思う。それは天性の才能だ。とはいえ、周りに信頼に値《あたい》する人間がいるという環境は羨《うらや》ましい。人を信じられる能力には、素直さが表れていると思う。

奥田と考えを口にし合ううち、祖父の家に到着した。玄関の引き戸の前に立って荷物の中の鍵を探る。鍵を取り出し、錠に差し込んだときだった。

「ごめんください！」

背後から声を掛けられ、僕と奥田は揃《そろ》って振り返った。門扉《もんぴ》の向こうにスーツ姿のメガネの男が立っている。実に爽《さわ》やかな笑顔の、細身でスタイリッシュな男性だった。

「はい、どちらさまでしょうか」

「失礼します！」

大仰に礼をし、男性は門扉を開けて入ってくる。

「私、こういう者でございます」

「あ、どうも」

名刺を差し出してきたので流れで受け取る。『山奥《やまおく》不動産』。このあたりの老舗《しにせ》の不動産会社だった。売買と書いてある。担当者の名前は田中《たなか》。新卒のサラリーマンだろうか。若干緊張で上擦《うわず》り気味の、元気はつらつといった声色《こわいろ》である。

「先ほど、不動産売買のチラシを見ていらしたので、失礼と思いましたが声を掛けさせていただきました。もしこのエリアの売買をお考えでしたら、お話しできればと……！」

「あ、そうなんですね」

「俺、またにしようか？」

奥田が気を遣って訊《たず》ねながら帰ろうとするのを僕は引き留めた。

「いや、奥田のほうが先約だから」

「そうお時間とらせません。五分十分」

「ああ、じゃあ俺書斎にいていい？」

「悪いな、待ってもらってもいいか？　じゃあ少しだけ……」

そのとき、山奥不動産田中の携帯電話が鳴った。目覚まし時計のような轟音《ごうおん》だ。田中は慌てて携帯電話をとり、道路側に向いた。

「あっ、はい、すみませんっ」

電話の向こうの人物になにやら謝罪をしたり凄《すご》い勢いで頭を下げたりしている。長くなりそうな通話の途中で、僕たちに向き直った。

「申し訳ございません。急ぎの予定が入りまして、後日改めてお伺《うかが》いしてもよろしいでしょうか！」

「ああ、はい。大丈夫です」

頷《うなず》いて答えると、田中は一礼をして風のように去っていった。

二

後ろ手に引き戸を閉めつつ、靴箱の来客用スリッパを用意する。

「残念だったな。話が聞けたらよかったのに」

「そうだね。でもまた来るって言っていたし、探そうと思えばいつでも探せるからいいよ。名刺ももらったしね。気を遣ってくれてありがとう。先に書斎に行っていてくれ。コーヒーでいいかい。アイス？　ホット？」

「ああ、サンキュー。ホットで」

書斎に奥田を通し、僕は台所に向かう。ポットでお湯を沸かし、沸くまでのあいだに家に風を通そうと居間の広縁に入ったときである。

広縁から見える裏庭の茂みが揺れた。裏の家との境界にある塀の傍《そば》だ。茂みの揺れが風とは思えない動きだった。

（動物だな）

この周辺では時々猿や猪《いのしし》が出る。ハクビシンなら三日に一度は庭で見かける。どこから入り込むのだか知らないが、灰色と茶色の毛皮に白い毛の筋が入っている野生動物だ。ほっそりしていればハクビシンで、似たような色だが毛がもこもこしていたら狸《たぬき》だ。狸はここに来て二カ月のうちに五回は見た。案外、犬猫はいない。外飼いにする飼い主が少なくなってきたからか。

僕は手近の箒《ほうき》を手に、沓脱《くつぬぎ》石のサンダルをつっかけて広縁を下りた。揺れの収まったアジサイの茂みに箒の柄《え》をそうっと差し入れてみる。

「痛っ」

柄が何かにぶつかり、思わぬ反応があった。人間の声だ。慌てて箒を抜く。

「わっ、ごめん。人⁉」

アジサイの茂みから這《は》って出てきたのは、ランドセルを背負った女児だった。名前は知らないが、顔には見覚えがある。たしか裏の家に住んでいる小学生だ。

紺《こん》色のスカートと白いポロシャツという、近所の公立小学校の制服を着ている。這っているので土だらけだ。一年生だけが被る決まりの黄色い帽子が、緑の奥に引っかかって落ちていた。

境界の塀に、三十センチ四方の穴が開いている。ここから入ってきたらしい。

「ごめん、大丈夫かい。怪我《けが》してない？」

手を差し伸べると、手をとって立ち上がった。女児は制服をはたいて土埃《つちぼこり》を落とし、頭を横に振った。黄色い帽子がなくなっているのに気づき、アジサイに腕を入れて帽子を取る。被り直して振り返った。

「はい、大丈夫です」

「よかった。ここは人の家だから、入っちゃダメだよ。その穴は塞いでおくから、表から出なさい」

表の門に続く細い露地に誘導したが、女児は動かず、僕を真っすぐ見つめている。

「あのー、直江先生はいますか？」

「え、あー」

祖父への来訪者は久々だった。こんな場所からやってくるとは。僕はしゃがみ、彼女に視線を合わせて説明をする。

「あのね、直江先生は死んでしまったんだ。こないだ」

女児は泣きそうな顔になった。

「直江先生、死んじゃったの？　それって、まれびとさんのせいで？」

「まれびとさん？　いや、祖父は誤嚥《ごえん》で……」

「ごえん？」

「誤嚥っていうのは……、食べ物や飲み物を飲みこんだときに、変なところに入って、ゲホッって咽《むせ》ることがあるでしょう。あれのことだよ。そのせいで、肺がうまく働かなくなってしまったんだ」

「どうしよう……！」

女児はその場に座り込んでしまった。両手で顔を覆《おお》い、しくしくと泣き始める。僕のほうが途方に暮れてしまう。小さい女の子と接した経験が少ないため、どう扱っていいのかわからない。祖父の交友関係はいったいどうなっているんだ。

奥田がポットを片手に広縁にやってきた。

「おーい、どうしたんだよ。湯沸かしっぱなし……誰？」

奥田は、途方に暮れる僕と、しゃがみ込んで泣いている女児を見て、きょとんとしている。僕は答えた。

「……たぶん、じいさんの知り合い」

三

泣いている女児を広縁に座らせ、なだめるうちに落ち着いてきた。りんごジュースを用意してやると、それを飲み、女児は『めぐ』と名乗った。

「祖父の教え子だったのかな？」

と首を傾《かし》げていると、奥田が呆《あき》れた顔で言った。

「槇先生は中学の教師だぞ」

「ああ、そうだったっけ」

「直江先生は、学校の先生じゃないです」

めぐはやっと泣き止んだ。やはり裏の家の子どもらしい。塀の穴を使って、時々行き来をしていたという。

「直江先生には、この町のこと教えてもらったんです。あたし、転校生だから……」

「そうなんだ」

「それで、まれびとさんがどうしたの？」

訊ねると、めぐは途端に黙り込んでしまった。

マレビトとは、民俗学の折口信夫《おりくちしのぶ》が提唱した、来訪神信仰のことだろう。

来訪神とは、年に一度、決まった時期にやってくる神様だ。国内ならばナマハゲが有名である。外部からやってきた異形の者が、災厄《さいやく》を払ってくれる。似たような行事は、日本のみならず世界的にも存在するといわれている。

ただし、祖父が遺《のこ》した『巷説山埜風土夜話《こうせつやまのふうどやわ》』の中には、山埜山系の麓村《ふもとむら》に伝わる六部殺《ろくぶごろ》しにまつわる『まれびとさん』という怪異譚《たん》がある。それについての相談であれば、話は非常に厄介だと感じる。

六部殺し伝承自体は全国的に分布するが、とりわけこの周辺のそれは村人を異常に恨んでおり、手がつけられない。神様といっても祟《たた》り神、何かあるとすぐ人を呪い始める化け物的存在なのである。

「足音がするの」

めぐは背後を気にするように、小声で言った。

「あのね、昨日から……後ろには誰もいないのに、ずっと、ついてくる足音が聞こえるの。朝でも、夜中でも、学校でも、家でも！」

追い詰められた表情を見ていたら、とても気のせいとは言えなかった。思わず彼女の背後を振り返って確認してしまうほど、切羽詰まった様子だ。僕には何も見えない。だが雫だったら何か感じ取るかもしれない。あるいは祖父だったら、めぐに対し、どう答えただろう。今まで考えもしなかったが、祖父はもしや、雫と同じような能力を持っていたのだろうか。

僕が考え事をしている隙に、奥田がめぐを問いただした。

「……何か祠《ほこら》とか壊した？」

「こ、壊してないよ！　ちょっと触っただけで……」

「『まれびとさん』って小学校の裏山にある、御霊《ごりよう》神社の六部塚だろ？　触ったら駄目だって」

奥田がめぐに言った。どうやら地元民には昔から伝わる話らしい。奥田は地元出身なので詳しい。めぐは俯《うつむ》いて弁明をする。

「だって、クラスメートに、よわむしだって馬鹿《ばか》にされたんだもん。馬鹿にされたくなかったら、六部塚で肝《きも》試ししろって」

「転校生だからわかんないかもしれないけど、あの六部なあ……」

「ちょっと、ちょっと奥田、ストップ。こっち来て」

「な、なんだよ」

めぐの目に涙が溜まっていくのを見て、僕は奥田を強引に引っ張って書斎に向かった。書斎を内から施錠《せじよう》したあと、外に声が漏れないように、小声で訊ねる。

「あれってそんなに有名な話なのか、まれびとさん」

「おう。このへんで一番有名だな。呪いの六部伝説」

「内容はこれと同じ？」

僕は机に置いてある山埜夜話の写しを手にした。四つ目の話が『まれびとさん』である。僕は出身じゃないから知らなかったし、他の話と同様、祖父の作り話だとばかり思っていた。

「ああ、一緒だよ。おおむね」

「呪いを解く方法はないのか？」

「あいにく知らない」

「……本当に呪いなんかあるのか？」

「俺の一個二個上の先輩に、度胸試しで六部塚に行った不良グループがいたらしい。度胸試しの直後に、バイク事故で全員死んだって噂《うわさ》がある。マジな話」

「それって典型的なfriend of a friendじゃないか」

『友達の友達』から聞いた噂話、という口承の一種である。つまり都市伝説だ。友達の友達を逆に辿《たど》っていっても、当事者には辿り着かない。ずっと『友達の友達』のままだ。

だが奥田はこの話を信じているらしい。

「めぐは足音が聞こえるんだろ？　足音は六部塚の特徴のひとつだ」

「あー……」

足音が聞こえるのが気のせいでなければ、呪われている証拠のひとつだった。そして六部に呪われると、最後には死に至る。

そのときだった。書斎のドア越しに、近づいてくる気配があった。ひたひたという不規則な足音。僕たちは会話をやめ、足音に耳を欹《そばだ》てた。

「お兄ちゃんたち、ひとりにしないで！」

めぐが追ってきたらしく、僕は慌てて書斎を出た。めぐは泣きはらしている。

「ごめん。ひとりにしないよ」

「直江先生だったら、助けてくれると思ったの。でも死んじゃったなんて……どうしよう」

めぐは追い詰められているし、呪いが本物ならなんとかしてあげたい。

しかし、解決の方法はわからなかった。祖父だったら――助けられるのだろうか。

四

『ここにある小話集は、山埜村の村民より聞いた恐ろしい話を、あらためて記録したものである。ただし、真偽のほどは定かでない』

＊

『まれびとさん』


山埜山系には、六部殺しの伝承がある。

六部殺しというのは、一般的にこんな話だ。

ある貧しい村に六部と呼ばれる旅人がやってきて村人に宿を請う。六部の荷に高価な品の数々が入っているのを見つけた村人は、六部を殺してその宝を奪ってしまう。そして宝を元手に商いを始めて裕福になった。その後、村人には子どもが生まれる。ある晩、子どもを便所に連れていくと、子どもが初めて口をきく。

「おまえに殺されたのはこんな晩だった」

子どもは、村人がかつて殺した六部の顔に変わっている。

という物語である。

＊

逢魔《おうま》が時の出来事である。

貧しい夫婦の家を訪ねる者があった。妻が応対した。そこには小柄な巡礼僧の姿があった。編み笠を被っていて顔はよく見えないが、背が低く、自分の身体《からだ》よりも大きな行李《こうり》を背負っている。行李の紐《ひも》は双肩に食い込み、とても重そうだった。

「一晩泊めていただけませんか。雨露《あまつゆ》を凌《しの》げるだけの場所で結構ですので……」

「ええ、どうぞ。おはいりください」

夫婦は僧を迎え入れた。そしてなけなしの食べ物を分け与え、温かい寝床を用意した。

夜半、僧が寝入ったあとのことである。

「なあ、あの行李には何が入っているのだろう」

夫が言い、妻は首を横に振った。

「さあ、開けているところは見ていませんね」

眠る僧に聞こえないように話すうちに、行李の中身が気になってきた。夫婦は、僧の枕元に置いてある行李を開けることにした。出てきたのは大量の路銀と金塊であった。

夫婦は黙って顔を見合わせた。自分たちは貧しく、明日の生活も知れぬ身である。僧は身に余るような財宝を持っている。僧は小柄で非力に見える。幸運なことに、僧がやってきたことを知る者は我々以外にはいない。

ならば――僧は、最初から来なかった。

夫婦は静かにその場を離れ、納屋にある縄を持ってきた。そして僧が寝ているむしろごと、縄で縛りあげた。僧は身動きもとれず、口もきけないまま、真夜中の山に連れていかれた。小雨《こさめ》が降って寒く、重たい雲の隙間に、冷たい色の月が覗《のぞ》く夜の出来事だった。

山の中でむしろを解かれ、小雨に打たれながら、僧は命乞いをした。

「私の持っている財産の半分をあげますので、どうか殺さないでください」

しかし夫婦は僧の言葉を聞き入れなかった。僧を逃がせば報復に遭うとも考えたのだ。すぐに僧に縄をかけ、土に埋めることにした。絶望した僧は母親を呼びながら、土の中に生き埋めにされたのである。

＊

僧の行李の財宝を手にした夫婦は、商いを始めて豊かになった。じきに村でいちばんの家になり、子どもも生まれた。しかしその子はいつまで経っても口がきけない。

　ある冬の雨の晩、子どもがむずかって起きた。そしていつまでも寝付かないので、妻は子を背負い、家の周りを歩くことにした。小雨が降っていた。不意に重い雨雲が明け、冷たい色の月が出た。そのとき、子どもが初めて口をきいた。

「おまえたちが私を殺したのは、こんな晩だった……」

　その声は、かつて生き埋めにした僧の声だった。妻は背負った子どもを振り返ることもできずに凍りつき、立ち尽くしたまま命を吸い取られて死んだ。

　長く戻らない妻子を心配して外に出てきた夫は、雨に濡れた土に半分ほど埋められ、口に土を詰められて窒息死している妻を見つけた。濡れた土を掘り起こそうとすると、どこかから子どもの泣き声がする。背後で足音が聞こえて振り返ると、目だけがギラギラと輝いている僧の姿があった。子どもは僧の手中にぶらさがっている。

「子どもだけは助けてくれ」

　夫は請願した。闇《やみ》に目が慣れると、子どもはとうに事切れていた。

＊

　それからというもの、村では、女子どもが殺される事件が多発した。遺体は、土に半分埋められ、口に土を詰め込まれた状態で見つかる。夫婦に殺された僧が恨んでいるのだろうと思い、村人たちは僧のために塚を作り、弔《とむら》ってやった。その塚は六部塚と呼ばれるようになった。

しかし、女子どもが殺される事件は一向にやまなかった。村人たちがほとほと困っているところ、村に旅の修行僧が立ち寄った。村人たちは修行僧に相談した。修行僧は一連の話を聞き、こう言った。

「殺された六部が村人を恨んで、最後のひとりになるまで呪っています。このままでは村は絶えてしまうでしょう」

村人たちが修行僧になんとかならないかと相談をすると、修行僧は、村にあるすべての財宝を出すようにと言った。村人たちが金目のものを集めると、修行僧はそれらを六部塚に埋め、札を貼った。

「これで、僧に代わりの宝を与えました。もう大丈夫でしょう」

修行僧はそう言い、村人たちは喜んだ。

「ただし、この六部塚の敷地内にあるすべてのものは、これから先、永遠に六部の所有物です。だから決して手をつけてはなりません。手をつけたら、六部は取り戻そうとし、塚を出てきて村人を取り殺します」

村人たちは決して塚に手をかけないと誓い、僧に礼をした。それ以来、女子どもが殺されることはなくなったのである。

＊

六部塚は、現在の小山《こやま》町付近にある。後年、御霊神社が建てられ、杉林の奥に石垣と一抱えほどの岩、祠がある。その一帯は奥の院といわれ、地元の人々には『まれびとさん』と呼ばれている。

奥の院に一度供えたものは、絶対に持ち帰ってはならない。一度置いたら、それは六部の所有物だからだ。万一持ち帰れば、六部は取り戻そうとする。持ち帰ったものを返したとしても、償《つぐな》いのために命を捧げなければならない。

閉じられた塚の中で、六部は今でも村人を恨みつづけている。

『まれびとさん　小山の伝承』

五

僕はふと顔をあげた。僕たちは広縁に三人で座り、解決のヒントがないかと小話を読み直していた。集中して読んでいたので気づかなかったが、外の空が妙に赤い。空気が冷たく感じる。今日は終日晴れる予報のはずだが、急に天気が悪くなったのだろうか。雨のにおいがする。

「今、何時だろう」

僕の問いかけに、奥田は腕時計を確認した。

「まだ三時だ。妙に暗いな」

雲がかかったのだろうか。空を見上げるが、夕焼けのように赤い。奇妙な天気だった。冬のように冷たい空気だ。

なんとなく不穏な雰囲気を感じ、僕は広縁の硝子《ガラス》戸を閉め、ふたりに応接間に行くように言った。めぐはすっかり怯《おび》えている。

そのとき、チャイムが鳴った。

「来客みたいだ。ちょっと出てくる」

奥田とめぐを置いて、僕は玄関に向かった。式台に片足を置き、引き戸越しに訊ねる。

「はい、どちらさまで」

「あのー、先ほどの者です」

その上擦った声音《こわね》には聞き覚えがあった。先ほど去っていった山奥不動産の営業担当、田中だ。どうやら急な予定を済ませ、もう一度やってきたらしい。張りつめていた気持ちが少し緩んだ。

「ああ、すみません。今取り込み中でして」

めぐの問題を片づけるのが先決だと思い、三和土《たたき》におりながら、僕は営業を断ることにした。また今度にしてもらおうと思ったのだ。すると、営業は黙って去っていった。その場から離れたような足音がした。

何も言わずに去るというのは斬新な対応だなと思いつつ、僕は応接間に戻った。ソファにくつろぎながら、奥田が僕を見上げている。

「誰だった？」

「さっきの営業さん。今日はもうやめておいたよ。ところで奥田、何かいい方法……」

もう一度チャイムが鳴った。また来客だろうか。この家は本当に来客が多い家だ。奥田の隣に座ったばかりだというのに。

「またか……」

僕はふたたび立ち上がって玄関に向かう。

「ちょっと待っていてくれ」

「はいはい」

玄関に向かうと、引き戸越しに向こう側にいる人物の影が映った。なんだか大きな影だった。斉藤《さいとう》だろうか？　斉藤は、以前、祖父を訪ねてきた刑事だ。ちょうどこれくらいの巨大さだった気がする。

念のため訊ねた。

「どちらさまですか」

「あのー、先ほどの者です」

警戒心が起き、引き戸に掛けた手を止める。

奇妙だ。上擦った声音。先ほどやってきた、山奥不動産の営業担当者田中である。つまり二度目の訪問を、ほんの一分前に断ったばかりだ。

引き戸の磨《す》りガラスに映っている人影もおかしい。田中はほっそりとスタイリッシュなスーツ姿で、間違っても斉藤のようなデカいゴリラではなかった。声と姿がちぐはぐである。

「すみません、今日はお引き取りください」

はっきりと断った。すると人影は一度咳《せき》払いをした。

「ごめんください。ナオエ先生いますか」

それは斉藤の声だった。

僕は震える手で、引き戸の施錠をした。鍵がかかっていなかったのだ。開けられたらと思うと恐ろしい。恐怖で手が震える。

「やめてください。帰ってください」

「えー？」

今度は子どもの声になった。女の子のようだ。めぐに似た、めぐと同い年くらいの女児のような声がする。口調のあどけなさが、かえって嫌な感じだ。

「メグちゃーん、いますか？　いますか？　いますかー？」

「いません。帰ってください」

「ナオエくん、僕だよ」

桐村《きりむら》の声がした。そんなことあるわけないだろ。

「違います。お引き取りください」

「おーい、おーい、来たぞー」

今度は奥田の声だ。奥田なら今、屋内にいる。絶対に応接間にいる。

「帰ってくれ。絶対にうちには入れない。帰れ！」

「兄ちゃん、ただいまー。開けてよー」

雫の声だ。雫は今朝、僕の掛けたモーニングコールで起床し、無事登校していた。ブラコンという誹《そし》りを受けようとも、結局毎朝電話をしている。自宅マンションと祖父の田舎は新幹線の距離であり、ドアツードアで五時間かかる。絶対に雫ではありえない。

「おまえはシズじゃない」

すると影は黙り込んだ。家に入れないとわかって、去っていくのだろうか。めぐは本当に嫌なものに取り憑《つ》かれたものだ。

足音がする。遠のいていくようだ。気配がなくなったので、僕は玄関にあがり、応接間に戻ろうとした。すると、引き戸の向こうから、懐かしい声がした。

「アキラ、入れてちょうだい」

まさかの僕の母親の登場である。

二年ぶりに耳にする母親の声は、本物としか言いようがない声だった。あまりの懐かしさに心を揺さぶられる。僕にとって母親はもう、写真と記憶の中だけのものになりつつあった。

死んだ母親の声まで再現してしまうというのは、引き戸の向こうの妖怪が発しているのではなく、僕の妄想みたいなものではなかろうか。

　この妖怪は、戸を開けさせたいがために、人から声の記憶を引きずりだして、耳から聞こえている風に錯覚させているのではないだろうか。その証拠に、この家にもっとも縁の深いはずの祖父が来ない。僕が祖父の声を知らないからだ。

「アキラ？　ただいま」

人は、失った人の『声』を最初に忘れるという。しかしこれは本物に聞こえる。忘れたようで忘れていなかったのか。

　遅くに帰ってくる母を、何度おかえりと出迎えただろう。ただいまと言うとき、疲れた顔をしていても、母はいつも笑顔だった。もしもまた会えるなら、この戸を開けてしまう。これは罠だとわかっている。絶対に開けてはならないとわかっているのに。

　気持ちを奮《ふる》い立たせ、きつく目を閉じて耳を塞いで怒鳴った。

「もうやめろ！　やめてくれ！　帰れ！」

　それだけを言い、僕は逃げるように応接間に戻った。僕が真っ青な顔をしているのと、引き戸越しの応対が聞こえていたらしく、めぐはがくがく震えているし、奥田の顔色も蒼《そう》白《はく》だった。僕は震えるめぐを抱きしめた。自分が震えているのを誤魔化《ごまか》すように。

「お兄ちゃぁん……」

「なんとかする」

現時点では、奴はこの家に入ってこない。無理矢理入ることはできないらしい。だがこのままでは僕たちは家を出られない。祖父だったらどうするというんだ。どうやってあの化け物を追い払えばいい。じいさんめ、せっかく小説にするんだったら、呪いの対処法まで書いておいてくれたらいいのに。

「なんとか――」

というか、怒りすぎじゃないか。六部は。ちょっと触っただけでこんな風に追い回していたらとても手が足りないのではないか。めぐに対してこれほど怒っているからには、何か別の理由があるのか？

「めぐ、六部塚からなんか盗んでないか？　話を聞いただろ。物を盗むことに怒るんだ。盗んだつもりがなくても、何ひとつ持って帰ってきちゃいけない」

奥田が考えた末に言う。

めぐはポケットから小石を取り出した。白くて綺麗な砂利《じゃり》だ。

「これ……肝試しの証拠に白い石を拾えって」

「悪質なクラスメートどもだな」

指示した者が別にいるとはいえ、めぐ自身が奥の院の敷地から持ち出したものだ。それゆえ、呪いはめぐを対象にしてしまった。

僕は小石を受け取り、握りしめる。こんな石ころひとつでも、村人に復讐《ふくしゅう》する口実になってしまうなんて恐ろしい。

「わかった。返しに行く」

対処法——そうだ、二度目に現れた修行僧は、村にあった財宝を集めさせた。それを代わりに捧げ、対処した。ならば代わりの宝を捧げればいいのだろうか？

「代わりの宝……」

宝物といったって、この家にはいったい何がある？　考えを巡らせ、周囲を見回しながら、僕は途方に暮れた。

六

奥田とめぐを仏間に入れ、仏壇の前に座らせた。自分が考えうる限り、もし妖怪の危害を回避したいと思うのなら、もはや先祖しか頼れないと思ったのだ。

仏壇には、僕の将来の遺影といって差し支えないような真新しい祖父の写真と、若かりし祖母の写真が立ててある。どうか、奥田とめぐを守ってやってほしい。

ふたりを置いて、僕は数珠《じゅず》を持って物音がする方向へ向かった。居間の隣にある広縁だ。広縁から眺める裏庭にはアジサイなどの低木と、常緑の中木が陰《かげ》を作っている。残暑の木《こ》下闇《したやみ》に人影が立っていた。

硝子戸越しに僕は叫んだ。

「小石は返す、代わりの宝もやる。もうつきまとうな！」

頭の中に雫の声が響いてくる。

「ただいま兄ちゃん」

「おまえはシズじゃない！」

硝子戸の向こうには誰もいない。なのに、コンコンとノックする音がする。そのうち、バンバンと手のひらを使って叩くような音になった。

音は激しさを増し、硝子戸には、いくつもの血と土の手形がべったりとついていく。硝子が震えている。

風が吹きはじめたようだ。台風のときのように家が揺れている。竜巻でも迫っているかのような轟音がする。竜巻に巻き込まれたみたいだ。

あまりの激しさに硝子が割れてしまうんじゃないだろうかと思い、硝子戸を支えた。

「あっちに行け。勝手に入ろうとするな。出ていけ！」

いくつもの声が聞こえてくる。

「ただいま、ただいま」

外界では風が吹き荒れ、吸い込まれるような風が起こる。硝子がバリバリと音を立てる。今にも割れそうだ。このままでは、硝子戸ごと持っていかれるのではないだろうか。僕はしゃがみ込み、硝子戸の柱に摑《つか》まって耐えた。

修験者《しゆげんじや》のような恰好《かつこう》の小柄な男が、硝子戸越しに迫ってきた。編み笠の陰に、ぎらぎらと輝く目が見える。ムカデのように硝子に張り付いていた。ずるずると這いまわる。這ったあとには濡れた土の跡がつく。

「小石は返す。命までは求めるな！」

小石と、代わりの宝として、靴箱の上に飾ってあった水晶の置き物を用意してある。雫の言ったとおりで、奥田に訊《き》いたら間違いなかった。祖父が大切にしていたのは、この水晶だ。この家に、他に宝物と形容できそうなものはない。これで全部だ。去ってくれ、頼むから。

「めぐはまだ子どもなんだぞ！　塚に帰れ！」

「絶対に許さない」

六部が微笑《ほほえ》んだのがわかった。その声は、雫の声でも、誰の声でもなくなった。

つまり、六部自身の声だ。

彼自身の声を聞き、眼前に迫る化け物について、気づいたことがひとつあった。僕は割れる寸前の硝子戸をおもむろに開けた。僕の声が彼に届くように。

吹き荒れる暴風を耐えながら、僕は言った。

「そうか、君も――まだ子どもだったんだな」

瞬間、六部の目が見開かれ、即座に後退《あとじ》さった。

あれほど強く吹いていた風がやんだ。しんと静かだ。六部は、裏庭の木陰に隠れ、野生動物が人間を警戒するように、こちらをじっと見つめていた。

僕は『まれびとさん』の伝承を思い出しながら、六部の少年に対して言った。

「母親と離れて旅に出て、二度と会えなくなって、辛《つら》かったんだろう」

先ほど、僕の母親の声真似《まね》をされて、僕も心が乱された。六部は、殺される間際に母親を呼んだと書かれている。それは、彼がまだ子どもだったからだ。この小柄な六部は親元を離れて旅をしていた。客死し、無念だっただろう。大人以上に寂しかったはずだ。塚に閉じ込められ、魂《たましい》は故郷に戻ることもできなかった。

「……絶対に許さない」

「可哀相《かわいそう》に。よかったら、故郷に返してあげよう。地名を教えてくれないか」

　先ほどまで赤く染まっていた空が、水色に戻ってきた。六部の気配も遠のいていく。木陰にあった姿が次第に薄れていった。少しずつ消えていく。

　六部は小さな声でぽつりと呟《つぶや》いた。

「もう忘れた」

　ひどく寂しい声だった。君は帰る場所を失くしたのか。

　六部は、僕の手の中の小石と水晶の置き物を一瞥《いちべつ》した。だが、取りには来なかった。

　空はすっかり晴れ、硝子戸にべったりと付着していたはずの血の手形も跡形もなくなっている。風はやみ、庭には平穏が戻っていた。木陰にももう何の気配もない。鳥の声や虫の声が聞こえる。あれほど風が吹き荒れていたのに、木の葉一枚落ちていない。現実に戻ってきたという感じがした。

　奥田とめぐが恐る恐るやってきた。

「晶？　大丈夫か」

「お兄ちゃん……」

　僕はその場にへたり込んだまま、情けなく笑った。

「腰が抜けてしまった……」

めぐが泣きながら縋《すが》りついてくる。昔、泣き虫の雫がこうしてくっついてきたのを思い出した。背中を撫《な》でてなだめてやる。

「どうなったんだ?」

僕は小石を握りしめたままだ。だが取り返しには来ない。

「もう来ないと思う。……正体を見破ってしまったから」

「お兄ちゃん、ありがとう……」

「めぐ、もう塚には近づいちゃだめだよ。彼は眠っていたんだから」

「うん」

最後に見た六部の背丈からすると、彼は現代では中学生にも満たないような年齢だったのだろう。まだ母親が恋しかったに違いない。

地名を忘れてしまったのは、本当に可哀相だった。帰る場所がわからない心細さは想像できない。究極的には本人にしかわからない。ただ、想像を絶する辛さということだけがわかる。

あれでよかったのか——。わからない。ただ、めぐを救えた。彼の魂も救えたらよかったのに。祖父だったらどう解決しただろう……。

六部のように孤独だった母の旅路を、祖父はどのように考えていたのだろう。いつか六部を救えたらと願い、本に遺したのだろうか。いつか思い出したときに届けてあげられるように、誰かに託すつもりだったのか。贖罪《しょくざい》のために遺したのか……。

そのとき玄関のチャイムが鳴った。三人して硬直し、呼吸が止まる。息を止めたまま、自然とそれぞれ目を見合わせ、玄関から聞こえてくる音に全神経を集中させる。すると、玄関先で元気な声がした。

「ごめんくださーい、山奥不動産の営業担当、田中でございます！　先ほどは失礼しましたー！」

三人で顔を見合わせ、安堵《あんど》のため息を吐いたあと、みんなして噴き出した。たぶん、この声は本物だ。

月の水際

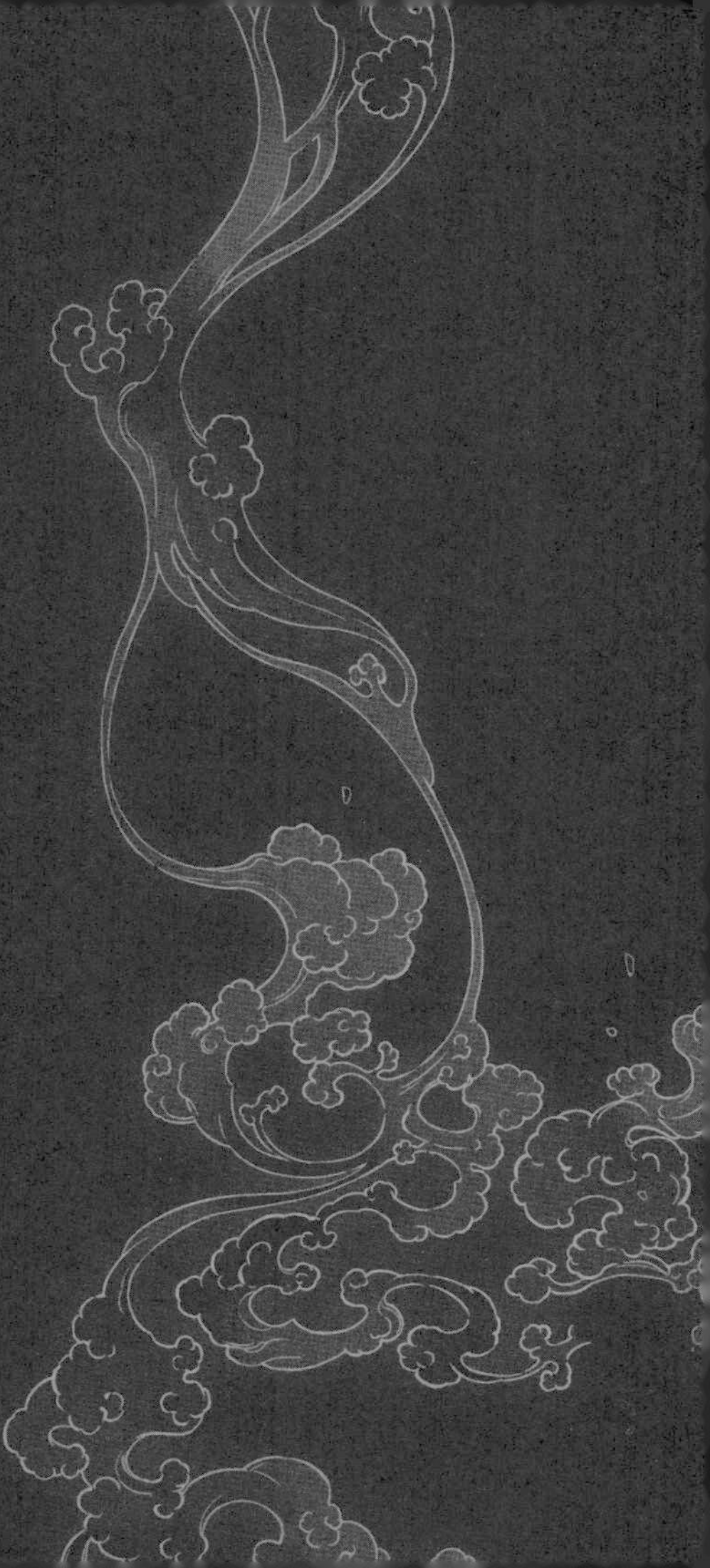

一

「兄ちゃん、大変なことが起きてしまいました……！」

片手で扉を開け、もう片手に空になった重曹のパッケージを持ち、涙目の雫《しずく》が風呂場に駆け込んできた。

そういえば重曹がなくなりかけていたのだった。風呂場の小窓を乾拭《からぶ》きしていた僕は、空のパッケージを見て、雫が何を言いたいのかわかった。と同時に、重曹がなくなったごときでなんと大袈裟《げさ》な、とも思った。

手を止めず、一瞥《いちべつ》して言った。

「やっぱり足りなかったか」

「どうするー⁉　まだ掃除するよね⁉」

「正直、重曹なしでもいいけどな。買っても余るから。持って帰って使えばいいともいえるけど」

サッシの水滴を丁寧に拭《ぬぐ》う。僕の言うことなど、雫はまったく聞いていないようだ。

「……俺、調子に乗ってたくさん使いすぎたよ。もっと配分をよく考えるべきだったのに」

雫はしょんぼり項垂《うなだ》れた。いつもは落ち込むことなどなく、たとえばテストで赤点をとったって、宿題の提出期限を過ぎてもう間に合わないと言われたって平然としているくせに、こういう変なところで落ち込んだりする。

僕は苦笑した。

「シズ、大袈裟だよ」

今日は、祖父の家で過ごす最後の日だった。明後日から大学が始まるので、僕は帰る。ここはしばらく空き家になるのだ。

どの部屋も古い家財はおおむね処分した。掃除用具と、僕と雫の数日分の荷物だけが、居間の隅《すみ》に寄せてある。書斎もずいぶん片づけたが、まだ少し本が残っている。奥田が欲しがったのだが、場所がないのでしばらく置かせてほしいと言い、そのままにしておくことになった。

土地が広いので更地にして売却するつもりなのだが、なかなか買い手がつかない。借り手も見つからない。

どうやら少し離れた場所で大規模な宅地開発をしているらしく、新しく家を買ったり建てたりする層は、そちらに流れていくという。スーパーや公園、学校が近く、そちらのほうが便利なのだ。

山奥《やまおく》不動産の営業田中《たなか》は「頑張ります！」と元気に言っていたが、見つからないまま最終日を迎えてしまった。まあ仕方ないか。大学が始まる以上頻繁《ひんぱん》にはこちらに来られない。長く家を空けることになる。

売れていないのは残念ではあるものの、どこかほっとしている。祖父の痕跡がひとつもなくなるのを、僕は恐れているのだと思う。

祖父のことは、まだよくわからない。今はまだ時間が欲しい。

とりあえず、きちんと掃除をしておこうと兄弟で決めた。もともと、古いわりに丁寧に使っていたようだが、最後の大掃除だ。雫は自宅マンションに帰っていたが、金曜日の晩にこちらに来て、土日を使って掃除をしている。

金曜日の晩、すでに中途半端な量だった重曹は、掃除の途中で不足する懸念はあった。いまはまだ日曜の朝なので、掃除すべき箇所は残っている。重曹は、重要な戦力だともいえる。

「仕方ない、買ってくるか」

今日、外は濃霧《のうむ》注意報が出るほどの濃い霧《きり》だ。日曜の朝なのに、天気の悪い夕方のように暗い。だが幸いにして徒歩十分のところにホームセンターがある。

僕が玄関に向かうと、雫が後ろについてきた。

「待って兄ちゃん、俺が行ってくるよ！　それでさ、帰りに太陽軒《たいようけん》で弁当買ってきていい？　お昼ごはんに天津飯《てんしんはん》が食べたいです！」

太陽軒とは、ホームセンターの近くにある、昔ながらの中華飯店だ。雫がこちらに滞在していたとき、行きつけだった。テイクアウトもやっていて、どのメニューも冷めても美味い。雫お気に入りのお店だったので、食べ納めにするつもりだろう。

「最初からそれが目的だったな」

「えへへ。兄ちゃんはいつもの唐揚げ弁当でＯＫ？」

「うん」

「唐揚げは？」

「六つ」

「了解！」

雫は、ちゃっかり僕の財布を持って、式台に座り込んだ。僕は、三和土《たたき》に並んだサンダルを片足で踏む。手を伸ばして玄関の引き戸を開けると、室内にまで霧が忍び込んでくるのではないかと感じるほどの濃霧だった。灯《あか》りがないと薄暗い。

すぐ近くで、鳥の鳴き声が聞こえた。ピィ、と高い音で悲しげに啼《な》く。むかし、その不気味な調子から、鵺《ぬえ》の声だといわれたトラツグミの声だ。鵺とは、山に住む妖怪といわれ、不気味で物悲しい鳴き声をしている以外は謎に包まれている。

二メートル先の家の門扉《もんぴ》が、霧のために白くかすんで曖昧《あいまい》になっている。

「なんだか息苦しいほどだな。シズ、やめたほうがいいんじゃないか」

掃除用洗剤自体は他にも揃《そろ》えているので、重曹がなくとも代用できる。あくまで重曹にこだわる必要はない。

「こんなの平気平気。すぐ近くだもん。やっぱり焼飯にしよっかな。あ、そうだ！　天津焼飯にしよう」

スニーカーを履《は》きながら雫はぶつぶつ独り言を言っている。どうやら太陽軒に行きたいだけのようだ。確かにあの店は美味《おい》しいし、久しぶりだし、この先こちらに来る機会もそうはない。だったら食べたいものを食べさせてやりたいとも思う。

「車に轢《ひ》かれないように道路の端を歩くんだぞ。前後左右に注意しなさい」

「はーい、ママ」

笑顔で出ていく彼を呆《あき》れながらも見送る。

雫が門扉まで歩いていく。人影はわかるものの、雫かどうかわからなくなった。そのくらい濃い霧だ。夜には注意報も解除されるはずだが、不穏な雰囲気を感じる。

ホームセンターも太陽軒もほぼ直進なので問題はないだろうが、もし雫が途中で側溝にでも嵌《はま》ってしまったら、掃除の進行が大幅に遅れそうだ。雫がいないうちに、掃除をスピードアップしておこう。

「いってきまーす！」

「気をつけてな」

僕はそうして雫を見送った。

十五分ほどして、玄関で物音がした。ちょうど風呂場の排水口の掃除を終え、まくっていた長袖《そで》シャツをおろして整えながら、僕は玄関に向かった。

「雫、早かったな」

しかし、そこにいたのは奥田《おくだ》だった。Tシャツに短パンというラフな恰好《かっこう》だが、上に青い法被《はっぴ》を着ている。祭りでもあるのだろうか。

手には乳白色のビニール袋をさげている。太陽軒のロゴ入り袋とコンビニの袋だ。

「おっす、捗《はかど》ってるか？　今日が最終だって？」

「うん。ぼちぼち」

「はいこれ。今、家の前で雫に会ったぞ。忘れ物したからこれ持って入っといてくれって」

奥田は太陽軒の袋を軽くあげた。僕はそれを受け取りながら、雫は、重曹を買うのを忘れたに違いないと思った。まったく、なんのために家を出たのだかと呆れてしまう。しかも客に荷物を運ばせるなんて。

「はー、申し訳ないよ」

奥田は苦笑した。

「俺は別に。雫ってちゃっかり者だよな。これ、コーヒー」

「マジか。ありがとう」

渡されたコンビニ袋の中身は、僕が好きなブラックコーヒーと雫が好きなミルクコーヒーが入っている。先日言った、それぞれの好みを覚えているらしい。

「これ好きだ。シズの分もサンキュ」

「どういたしまして」

初めて会った頃こそ諍《いさか》っていたものの、慣れてくると、奥田は案外面倒見がよかった。外面《そとづら》だけはよくともその実は人見知りの雫も、金曜日の晩に偶々《たまたま》現れた奥田を紹介したらすぐに懐いた。

奥田には、一目でブラコンがバレた。なんだかんだと雫の世話を焼く様子がまるで母親のようだと笑われたのだが、ぐうの音《ね》も出ない評価だ。とはいえ、奥田にも弟妹がいる。言われる前に感じ取っていたので、奥田も絶対長男だろうと言ったら少し不貞腐《ふてくさ》れていた。

僕たちは長男仲間である。

「奥田は今から祭りか何か？」

「そう。掃除手伝えなくて悪いな」

奥田が渡してきたチラシには、御霊《ごりょう》神社の灯籠《とうろう》流しと書いてある。

「お、灯籠流しか。風情があるね」

「このあたりは、初秋に灯籠流しをする風習があるんだ」

「そういえば何かに書いてあったな。土地柄、魂《たましい》が残りやすいことから、お盆で見送ったあとに、残った霊魂をさらに送るとか」

「それそれ。灯籠に質問を書いて流すと、先祖から回答があるっていわれてる。で、俺、実行委員。誰でも参加できるし、よかったら来いよ。開始時刻は日没頃。今日は五時四十五分。五分前に河川敷集合。灯籠はひとつ百円」

地元の催し物の実行委員とは、いかにも地元の学生らしい。

「わかった。顔出すよ」

「河川敷上流のテントにいるよ。無理だったら来なくてもいいよ。遅くなったら悪いし。また、墓参りついでにでも会おうぜ」

「絶対行くって」

「了解。じゃあ待ってる」

自宅マンションに帰る終電は、午後九時半。掃除を午後五時に終わらせることはできそうだ。それから河川敷に歩いていき、顔を出して参加して、終わってもまだ最終に間に合うだろう。

館長と早野《はやの》教授には昨日のうちに挨拶《あいさつ》をしておいた。奥田にはいろいろと世話になったので、今日もこれで終わりではなく、弟ともどもきちんと挨拶しておきたい。

奥田を見送り、僕は掃除に励むことにした。

二

三十分が経《た》っても雫が帰ってこない。

おかしいと思い、雫の携帯電話に架電したが、家の中で鳴った。携帯電話を置いたまま外出していたのだ。

「なんのための携帯だよ……」

どこかで寄り道でもしているのだろうと考え、もう少し待つことにしたが、さらに三十分経っても戻らなかった。

さすがに何かあると思い、僕は外に出た。

霧は一時の深さはなく、やや晴れつつある。探しに行こう。

歩いていくと五分で太陽軒を過ぎ、次の角にホームセンターがあった。ホームセンターの敷地に入っていくが、駐車場が妙に空いている。

自動ドアには臨時休業の札が下がっていた。なんだ、臨時休業だったために、雫は他の店舗に行ったのだ。それにしては遅いのだが、僕たち兄弟は土地勘がないし、田舎は車社会だから店と店の距離が遠い。

このあたりで重曹が購入できそうな場所といえば、歩いて十分のスーパーだ。なんでも揃う大型スーパーなので、掃除用品も充実している。きっとスーパーに行ったのだろう。

しかしスーパーに行って雫を探したが、いなかった。もしかして行き違いになったのだろうか？　そう思い、一度家に戻る。

だが、雫は戻っていなかった。

いったいどこに行ったんだ。寄り道をしているのか、やむを得ない事情があるのか。

だんだんと不安が募ってくる。

何か事情があるのなら、遅くなる旨《むね》の連絡のひとつくらいはしそうなものだ。携帯電話を忘れたことで連絡手段がなかったとしても、連絡を試みるはずだ。雫が僕の携帯番号を覚えているかというと怪しいが、祖父の家の電話番号なら、電話番号案内を使えば、知ることはできる。そういえば、雫は自分の携帯電話を忘れていった。ならば、自分の携帯電話にかけたら僕が出るとわかる。

雫に意識があれば、何らかの連絡をするはずだ……。

次に、意識がない可能性を考える。つまり、事件事故に巻き込まれ、意識を失っているせいで連絡ができない、ということだ。

僕が知る限り、救急車のサイレンは鳴っていなかった。掃除中は窓を開けている。だが音は聞こえてこなかった。

聞こえたのは、山鳩の鳴き声と、トラツグミの鳴き声だけだ。ホームセンターの付近で事故があったような雰囲気はなかった。いつもの閑静《かんせい》な住宅街だ。

雫は、僕の財布を持って出た。僕の財布ではあるものの、連絡先を書いたもののひとつは入っている。たとえば事故があったとして、僕が気づかないうちに救急車で搬送されていたとしても、そろそろ警察や病院から連絡があってもおかしくない。

しかし今のところ連絡はない。

誘拐……あり得るだろうか。あの人見知りが誰かについていくことはありえない。それに雫は、背が高く、骨格が良く、痩《や》せ型ではない。もしも僕が誘拐犯ならば、もっと抵抗の少なさそうな者を対象にする。よほど雫に執着していない限りは、彼を狙おうとは思わないのではなかろうか。

　雫は護身術を習っていたことがある。襲われたとしても無抵抗ではない。くわえて、逃げ足は異常に速く、陸上部の誘いがあったほどだ。たとえば不審者がいたから逃げて、道に迷ったのだろうか。

　動悸《どうき》がひどい。覚えのある喪失感が迫ってくる。失ったときの衝撃を僕は知っている。もう二度と味わいたくないほどの絶望を、ほんの二年前に思い知ったのだ。鮮明に思い出したら、立ち上がる力さえなくなってしまう。手足の震えが止まらなくなる。その感覚のすべてを知っている。

「……鵺の声、か」

　嫌なことを思い出した。そういえば雫を見送ったときに、トラツグミの声がした。鵺の声といわれている鳥だ。金属製のブランコを漕ぐような音が、雫を見送るとき、確かにした。鵺の鳴き声にまつわる怪異譚《たん》を読んだことがある。あれも霧が出る日の話ではなかったか。

　僕は居間の端にまとめた荷物の中から、『巷説山埜《こうせつやまの》風土夜話』の原本を取り出した。ここに、鵺の声に始まる神隠しの物語が一編入っているのだった。

三

『ここにある小話集は、山埜村の村民より聞いた恐ろしい話を、あらためて記録したものである。ただし、真偽のほどは定かでない』

＊

『灯籠流しの起源』


いつの間にか、私は白い霧の中にいた。

遠くで鵺の声がする。鵺というのは正体不明の怪鳥だ。猿の顔に狸《たぬき》の胴体、虎の手足を持ち、蛇《へび》の尾を持つという、たくさんの動物をまぜた体をしている。鳴き声に特徴があり、口笛のような音で物悲しく不気味に泣く。

私は深い霧のどこかに鵺がいること以外、思い出せなかった。着物に裸足《はだし》。大粒の砂利《じゃり》が敷かれた湿度の高い場所に立っている。川のせせらぎの音が聞こえる。

このあたりで川といえば山埜川しかない。山埜川……。いつの間に山埜川に来たのだろう。普段から穏やかな川ではあるが、今日はいっそう静かだ。

音の方向に歩いていくと、川岸に辿《たど》り着いた。川面《かわも》に船尾が見える。船着場だろうか。一艘《いっそう》の小舟がある。深い霧のせいで輪郭《りんかく》がおぼろげだ。

川渡しの姿は船首にあった。村にいる大人の誰よりも巨大な大男が、櫂《かい》を手に船首に立っている。編み笠を被り、猿の面、蓑《みの》に身を包んでいた。山男だ。山男が私を誘っている。

「川を渡る。さあお乗りなさい」

私は船尾に足をかけ、舟に乗ろうとした。二、三人用の小型の舟だ。もう片方の、地面についている方の足で地面を蹴《け》れば、全身が舟に乗る。私は揺らめく舟と自分の小さな体とのタイミングを見計らっていた。

兄の声がしたのはそのときだ。砂利を踏み、走ってくる。

「おうい、舟よ待て。おれが乗る」

「兄さん」

私が振り返ったちょうどそのとき、霧の中から兄が現れ、私の腕を強く引いた。反動で、私は砂利の上に転がった。半身を起こしたときには、兄が舟に乗っていた。私を押しのけ、舟に乗ったのだ。

「兄さん、ずるい」

「おまえにはまだ早い。家に戻りなさい」

舟は岸を離れていく。霧のかかる水面《みなも》を切り、水の上を静かに滑っていく。

*

気がつくと、私は布団に横たわっていた。

「ああ、気がついた。よかった」

私を覗《のぞ》き込むひとたちが、皆いっせいに安心したような表情になる。

「私は……」

「ひどい熱でねえ……」

私には病弱な兄がいた。ほとんど寝たきり状態の兄だ。私が熱を出してうなされているとき、同じ熱にかかり、息を引き取ったらしい。

「だから、あんたも死んでしまうんじゃないかって」

母は涙ながらに語る。その話を聞いた私は、兄が私の代わりに川を渡ったことを思い出した。

兄が私の代わりに舟に乗った。おまえにはまだ早いと言って。私の腕を引いた強さは、夢とは思えぬものだった。家に戻りなさいとはそういう意味だったのだ。

＊

それからどのくらいの年月が経ったか。私は大人になった。

ある霧の夕刻に、河川敷を歩いていた。

すると、川の浅瀬に誰かが立っている。霧が濃いので見えづらいが、少年のようだ。少年がひとりで水の中に立っている。

「おうい、何しているんだ。そんなところで」

私が声を掛けると少年はこちらを振り向いた。しかし顔はわからない。水の中で目を開けたときのように、少年の顔の部分だけが、不自然にぼやけているのだ。目をこすっても、ぼやけているのは変わらなかった。手足は細く頼りなく、つぎのあたった襤褸《ぼろ》をまとっている。

少年の向こうに大男の姿があった。あちらは、どこかで見たような気がする。しかし村にはあれほど大きな男はいない。編み笠に、全身を覆《おお》う蓑、猿の面……。

「見ているだけだよ」

少年が言った。

「時々こうして見に来るんだ」

と続けた。私には、彼の言う意味がわからない。

少年はさらに言った。

「もし伝えたいことがあるのなら、川に流してくれ。さすれば伝わる。何か気になることがあるのなら、質問をしてくれ。答えてあげよう」

少年の姿が霧に溶けたと思ったら、次に目が覚めたのは寝床だった。

私の家族が私を見守っている。汗だくになって起きた。

「熱が出て、もうだめかと」

妻が涙ながらに言った。

しばらくして回復した。私は晴れた月夜、川に、「あのとき、代わってくれたのか」「また助けてくれたのか」「時々、見に来てくれているのか」という三つの質問を流すことにした。川を流れていく灯《ひ》を見送ったあと、自宅に帰りつく直前、然《しか》りという意味の言葉が頭に三度浮かんできた。私はそれを兄の回答とした。


『灯籠流しの起源　昭和六十年』

四

河川敷の上流にイベント用の白いテントが張ってあるのを見つけ、僕は土手をおりていく。しかし天幕の下には、法被を着た人がひとりいるだけで、他は皆出払っていた。奥田がいたらと思ったが姿はなく、会っても仕方ないと思い直した。

あの小説のとおりならば——雫は霧に囚われているに違いない。町全体を覆う不自然な霧は、家の中にまで忍び込んできていた。雫が危機感を覚えずに出かけていったのは、無意識に働きかけられたのだ。つまり『呼ばれていた』。そして罠にかかり、巧妙に連れていかれたのだ。

僕は、雫を迎えに行かなければならない。きっとまだ渡っていない。そう信じて、早く助け出さなければ。

雫がいなくなったら、僕はこの世にひとりぼっちになってしまう。雫が川を渡る前に、なんとか連れ戻さなければならない。もし自分を犠牲にすることになったとしても、雫に置いていかれるくらいなら、雫を置いていくほうがいい。自分が行く、二度と会えなくてもいい。だから……。目元をごしごし拭った。泣くのはまだ早い。

河川敷は霧がかっていたが、灯籠流しの準備や、遊んでいる人の姿があった。中学生くらいの四、五人のグループがこんなまだ明るいうちから花火をしているらしい。煙と霧が混じり、なんとも言えないにおいが漂ってくる。

僕は川下に向かって歩いていく。

鵺の怪異譚は、まず生と死の間《はざま》の世界に誘われた人物がいて、川を渡るように誘われるという内容だった。うっかり渡ってしまえば、後戻りはできない。

おそらく雫も、同じ状況に陥《おちい》っている。川を渡ることは、絶対に阻止しなければならない。まだ間に合う。何の能力もないが、雫はまだこちらにいる。そう信じるしかない。

町に唯一ある川が山埜川。ダムの下流にある比較的穏やかな川だ。渡りやすそうな場所を探して川下に歩いていくうち、霧が濃くなっていく。

灯籠流しの起源の語り手は、救われるほうの立場だ。救うほうである兄はどのようにして、弟のもとに行ったのかという、重要な部分が明記されていない。病弱な兄は、語り手と同じように熱を出したと書いてあったが、僕が今すぐ発熱するなんて現実的ではない。

一度自宅に戻り、雫が消えた方向を徹底的に歩くことで、雫に追いつくことができるのだろうか。走ればいいのか。どうしたら雫を助けることができる。どのようにしたら……弟を取り戻すことができる。

僕は雫が大切だ。この世にたったふたりの大切な家族だ。母親を亡くし、ふたりで身を寄せ合うように、助け合って生きてきた。世話を焼くのはいつも僕だが、雫は僕にとって心の拠《よ》り所だった。

祖父も死んだ。僕は本当は、祖父と関わりあえたらと願っていた。死んだことは裏切りのようだ。どこかで生きていてくれて、そしてずっと恨んでいるほうがいい。

下流のほうに行くと風下のようで、花火の煙がどんどん濃くなってくる。ここは風の吹き溜まりらしく、目に沁《し》みて痛む。何か激しく燃えているのか、気温が高い。花火の閃光《せんこう》が見える。一瞬の閃光のあとに、複数回にわたる爆発音が聞こえた。

「ぎゃっ」

「わっ、うわっ」

誰かの慌てるような声——僕を目掛けて閃光が飛んでくる。腕に熱がかかった。焼けるようだ。変なにおいがする。皮膚が熱い。思わず目の前の川に入り、腕をつける。

水の冷たさのおかげで、熱の感覚がなくなっていく。

そうこうしているうちにも、花火が暴発し、光があたりに飛び散っていく。大量の打ち上げ花火に着火してしまい、次々に爆発しているらしい。煙がぐっと濃くなった。霧と煙のせいで何も見えない。

乾いた破裂音とともに白と灰が広がっていく。まだ暴発は続いた。

「誰か、誰か！」

誰かが人を呼んでいる。目を開けていられない。闇雲《やみくも》に動くと危ないと思い、暴発している方向に背を向け、耳を守って身を屈める。このようにやり過ごせば、暴発もいずれおさまるだろう。川の浅瀬に膝《ひざ》をつくと、冷たかった。

次第に周囲が静かになっていった。花火の暴発が止まったのか？

水面が揺れている。

何か大きなものが近づいてくる気配がする。――まさか。

「乗るか」

僕は顔をあげ、目の前を確かめた。いつの間にか目の痛みが引いている。

相変わらず周囲の霧は濃い。だが、煙は消えたようだ。一寸先も危ういような真っ白な霧の川面に、小舟が一艘浮かんでいた。船首に櫂を握る大男の姿がある。全身が蓑に覆われており、編み笠と猿の面の山男……。

寂しい鳴き声が聞こえてくる。鵺だ。

……どうやら、辿り着けたみたいだ。

「シズはまだ乗ってないだろうな」

僕は大男に対し、喧嘩《けんか》腰に訊《たず》ねた。彼は、「今日はおまえだけだ」と答えた。ほっとした。よかった。では、雫は無事だったのだ。雫は、霧の中のどこをさ迷っているのだろう。まあいいか。とにかく自分を信じたとおり、間に合ったのだ。雫は渡っていなかった……。ほっとしたら涙が出てきた。気が気でなかった。失うことばかりの人生はもうたくさんだ。

「おまえが舟に乗るのなら、弟はじきに家に帰りつく」

「ああ、そう」

僕は涙を拭き、小舟に片足を乗せた。体重をかけ、舟の揺れをやり過ごす。

この舟がどこに向かうのか、知らないわけではない。三途《さんず》の川だかなんだか知らないが、行きつく先は黄泉《よみ》の国だ。辿り着けば戻ることはできない。だが雫を乗せるくらいなら、僕が乗るに決まっている。あとのことは、流れに身を任せてしまおう。

そうか、これでお別れなのか。そう思うと悲しかった。もう一度雫と会えたらよかったのに、玄関で見送ったのが最後になるなんて思いもよらなかった。重曹がなくなって騒いだのが最後の会話だなんて。

もっと笑い合うとか日頃の感謝とか、一緒に祖父の家の掃除をできてよかったとか、なんでもいいから気の利いた話のひとつでもしておけばよかった。口うるさい兄だっただろうな。ごめんな。雫のことは大切に思っていたつもりだけど、ガミガミ言うんじゃなくてもっと別の接し方もあったかな。

　本当に二度と会えないのか……。

　後悔はしない。僕は間違っていない。二度と会えないとしても。雫がずっと元気でいてくれたら、それで構わない。どうか幸せでいてくれと願うばかりだ。足の裏の揺れが規則正しくなってくる。

「唐揚げ弁当は、食べておけばよかったな」

　僕は自嘲《じちよう》気味にそう呟《つぶや》き、タイミングを見計らって、地面を踏み切ろうとした。そのとき、後ろから凄《すご》い力で腕を引かれ、河川敷の砂利の上に転がった。背中をしたたかにぶつけ、頭までくらくらする。

「なっ」

「馬鹿《ばか》者。おまえにはまだ早い」

　知らない声だ。僕は小舟の上を見る。こちらに背を向け、舟に乗り込んだ男がいた。あんた誰だよ。皺《しわ》ひとつないカッターシャツにスラックス。あれは、祖父の家の衣装簞笥《だんす》に掛かっていた……。見覚えがある。年齢は高そうなのに背筋が伸びている。几帳面《きちようめん》そうな雰囲気の後ろ姿……。祖父だ。どうして……。

僕を川岸に置いて、小舟が動き始めた。僕は船頭と乗客の姿を見つめ続けたが、彼らはとうとう振り返らなかった。音もなく川岸を離れていく様子を、ただ呆然《ぼうぜん》と見つめる。どんどん霧に消えていく。

砂利から起き上がろうとしたのに、まるで地面がなくなったみたいに、僕は落ちた。

五

「兄ちゃん！」

天井が白い。見覚えがない。硬いシーツ、傍《そば》にカーテンがある。薬品のにおい。雫が僕を覗き込んでいる。涙と鼻水で顔がぐしゃぐしゃだ。現実が戻ってくる。腕が痛いし、頭も痛いし、口の中が気持ち悪い。

「み、水ちょうだい」

「はい、はい！」

雫は枕元に置いてあったペットボトルの水を、紙コップに注いでくれた。起き上がって受け取る。辺りを見回すとやはり病室だった。大部屋のようだ。

「どこ行ってたの、シズ」

現実だ。あれは夢だったのか。いつから、何が夢だった?

雫はしゃくりあげながら説明する。

「霧が、ひどくて、道に、迷ったんだよ! なんか、わからないけど、ダウジングも、できないし……! やっと家についたら、兄ちゃんが、川で、花火の、暴発に、巻き込まれたって、聞いて……」

「わかった、わかったから」

号泣している雫をなだめる。背を撫《な》でていると落ち着いてきた。雫だけではなく、僕も安堵《あんど》している。足元で揺れる水面の感触を覚えている。生還した。あの異界の入口から。

スツールに病院名の入ったテープが貼ってある。ここは町の総合病院だ。僕の祖父が胃がんの切除をし、桐村《きりむら》が骨折で入院した病院だ。僕がここで手当てを受けるのも二度目である。窓際のベッドのため、窓の外が明るいとわかる。だが、何時なのだろうか。

「いま何時?」

「四時。よかった、無事で。意識が、ない状態で、川に浸かってたとかで、ほんとに、心配したんだから」

「そうか……」

僕が川に行った時点までは、実際の出来事ということだ。花火の暴発に巻き込まれたのも覚えている。煙と霧にまかれ、どこかの時点で河川敷に迷い込んだ。舟の上に見知らぬひとがいた。背筋の伸びた老人。あれは祖父に違いない。初めて聞いた、あの声を覚えている。最初で最後の、僕に向けられた声だった。

自分の体を見ると、腕に包帯が巻かれていた。軽い火傷《やけど》を負ったらしい。熱くてひりひりする。

「怪我《けが》、痛い？」

「少しね。でも大丈夫だよ」

雫は痛そうに眉を寄せ、僕の腕の、包帯をしていない皮膚にそっと触れる。まだ泣いている。

「俺、どうして、回復魔法使えないんだろうね。ダウジングもできなかったし」

「一般的にはどっちも使えないものだよ」

僕は笑い、雫も少し笑ったのだが、やはりすぐに号泣してしまった。

「うー……嫌だよ。兄ちゃん、いなくならないでよ。そんなの嫌だよ」

「大丈夫、大丈夫」

雫は、ベッドの上掛けに突っ伏して、声を殺して泣いた。救急車で搬送され、処置を受けて意識が戻るまでの一時間、ずっと祈っていたらしい。

「早く戻ればよかった。ごめんなさい、兄ちゃん」

「シズのせいじゃないよ」

なだめるように、あちこちにはねた髪を撫でてやる。雫がこんな風に泣くのは、母が死んで以来だろうか。祖父の葬儀のときは神妙な顔をしているだけだったから。

家族を亡くす辛《つら》さをもう一度味わわせることにならなくてよかった。そう思った。雫を連れていかれるくらいならば自分が行くと考えはしたが、取り残された者の胸を裂かれるような辛い気持ちは、僕は十分すぎるほどわかっているはずだった。雫の気持ちになったら、たまらない。

「ごめんな。僕は間違っていたみたいだ」

しばらくのあいだ、僕は雫の髪を撫でていた。仔犬みたいだ。

六

ナースコールを鳴らし、喉《のど》の状態を確認してもらった。そうこうするうちに退院の許可が出た。渡された用紙の身元引受人欄に雫の名前を書いてもらう。その紙を持って僕はベッドをおりた。

「退院の手続きをしてくるよ。待ってて」

「うん、わかった」

いつまでもくっついて離れない雫を引きはがし、僕は病室を出る。

雫が言うには、暴発に巻き込まれたのは五人で、僕がいちばん重傷だったようだ。ちょうど風下にいたために、余計に煙を吸ったという。他のひとたちは処置を受けてすぐに帰ったらしい。

支払いのために受付へ向かう途中、僕の姿を見つけて、年配の男性医師が足早に近づいてきた。白衣に聴診器、医師の名札をさげている。

「もういいの」

「あ、はい。もう大丈夫です」

「そう」

僕を診てくれた医師ではないが、どうやら事故の処置に関わったようだ。言葉少なではあったものの、安心したような表情をしたので、ありがたく感じた。

患者をまったくみない医師がいる一方で、自分の患者ではなくとも気にかける医師もいるのだなと思う。特にこの病院は、祖父の件でもお世話になった。以前、直江《なおえ》先生だといって近づいてきた若い医師がいた。それだけ患者に親身に接する人が多いのだ。

僕は笑顔を作ってみせた。

「ありがとうございました。たいへんお世話になりました」

深く頭を下げると、医師も会釈《えしゃく》をして去っていった。町で唯一の総合病院であるし、この病院は繁盛しそうだと思いながら、手続きを済ませて、病室に戻る。雫が荷物をまとめて立っていた。

「お待たせ」

「おかえり！　真っすぐ神戸《こうべ》に帰る？」

「一回奥田に会って、せっかくだから灯籠でも流して帰ろうか。あっ、まさか中止じゃないだろうな」

「奥田さんからさっき連絡があったよ。開催するってさ。花火事故は、無許可の中学生。補導されて出禁」

「なら、よかった」

病室を出て廊下を歩いていく。窓が多く、広くて明るい廊下に人が行き交っている。すれ違うひとの中に、先ほどの男性医師がいた。なんとなく会釈をしてすれ違う。突き当たりのエレベーターで待っているときも視線を感じ、僕は廊下の先を見た。

先ほどの医師がまだこちらを見ていた。

「……あの人さ」

僕は前に立つ雫に話しかける。しかし言葉の続きは出てこなかった。見知らぬ人物だ。処置に関わったとはいえ、そうも僕を気にするだろうか。いや、そうじゃない。僕は、もっと別の可能性を考えている。……まさか。まさかとも言い切れない。いくつかのピースが嵌っている。だが……。

雫が振り返り、不思議そうな顔をしている。

「何？」

「……いいや、なんでもない」

エレベーターが到着した。人が吐き出される。乗り込むときにも視線が合ったが、瞬《また》きをしてそらした。混み合うエレベーターの中で雫の肩にもたれかかる。

「ど、どうしたの兄ちゃん、辛い⁉」

雫は、僕が肩にもたれかかったのを、花火事故の影響だと勘違いしたらしい。僕は雫の肩で目元を拭いながら答える。

「平気だよ。ぜんぜん平気」

「苦しいんだったら診てもらおうよ。それか、家に帰って少し休もうか？」

「大丈夫。大丈夫だから、少しだけこうしていれば」

「ほんとに？」

うんと頷《うなず》いた頃、エレベーターが一階に着いた。吐き出される人波に乗って僕たちも降りる。正面出入口はすぐで、真っすぐ向かうだけだ。歩けるのかを気遣ってくれながら、雫が少しだけ前を歩いていく。

正面出入口を出た頃に、雫が振り返った。

「戻ってもいいよ」

「え？」

「兄ちゃんが戻りたいんだったら、戻ってもいいけど」

「シズ……」

それは、怪我や煙のためにではなかった。何を目的として戻るのか、雫はわかっているらしい。

雫がどうして気づいたのか僕には理解できない。僕が意識を失っているときに彼と何かあったのか、お得意の第六感なのか。だが、いずれにせよ雫は気づいている。僕の直感もどうやら正しい。

先ほどの医師が、僕の父親だということだ。

向こうも気づいている。気づいたからこそ僕に近づいてきた。父は、僕という子どもの存在を知っていたのだ。

　僕は直江槇《まき》にそっくりだ。祖父の知り合いならば僕が親類縁者だとは一目でわかる。雫は、僕たちの母親である直江沙穂《さほ》によく似ている。そのうえ僕も雫も直江姓である。祖父や母との血縁関係は疑いようがない。

　父が僕の存在を知っているのか知らないのかさえ、僕は知らなかった。

「僕の家族は、シズだけだ」

「うん。じゃあ、ちょっとだけ待ってる。ちょっとだけだよ。一個貸しだよ！」

「サンキュ」

　笑顔で頷く雫を置いて、僕は先ほどおりてきたエレベーターホールに向かった。二基あるエレベーターのうち、僕たちが乗ってきたほうは上に向かっている。もう一基が、ちょうど一階におりてきたところだった。全員が降りたら、もう一度乗って上階に向かうべく、はやる気持ちを抑えて待っていた。

　降りた人の中に、先ほどの医師がいた。正面出入口のほうに視線をやっている。――僕を、追ってきたのか。

　僕は、僕を見つけられずに早足で行くその人を引き留める。いったいどう呼びかければいい。

分に面影がある気がする。

「あの、すみません！」

彼は声に気づいて反射的に振り返った。焦っているような表情がほどけた。四十代後半くらいの、色白で中肉中背の男だ。眼鏡を掛けている。よく見れば、確かに鏡に映った自分に面影がある気がする。

「あ、君……」

「はい、ええ、ええと……」

父親に会って何を言うかなんて、実は人生で一度も考えたことがない。まさか会うだなんて思いもよらなかった。母が死んだとき、父が誰なのかは二度とわからなくなったと思った。それでも構わなかった。

よく考えたら、母は地元で看護師をしているときに僕を妊娠し、別の土地に移ったのだ。父親が地元にいるかもしれないなんて、想像できることだった。

認知もされていない、名前も知らない、どこの誰かも、どんな人物なのかも、仕事も、何もかもずっと知らなかった。会ったことも当然ない。

今日、本当なら会わずに去ってもよかった。雫と一緒に帰ってもよかった。

僕をもう一度ここに来させたのは——間違いなく、祖父に対する後悔だった。

父に対する感情と同様、ずっと、祖父にも会わないままでもいいと思っていた。僕は祖父に捨てられたのだとばかり思っていたから。

だけど、それは少し違った。あとからわかったことだが、祖父には祖父の事情があり、母には母の事情があった。それらすべてを理解することも、事実を知ることももうできない。それぞれ死んでしまったからだ。

母は祖父に会いたがっていた。頼る者がなく孤独だった。可哀相《かわいそう》だった。真意を伝えることもできないほどの断絶があった。

祖父は僕の存在が許せなかったのだ。だから僕も祖父に対し、できるだけ事務的でいられるよう心を平静に保っていた。傷つかないようにしていた。だからさようならも言わなかった。赤の他人以上の他人だと切り捨てていた。

今になって、別れの言葉くらい言えばよかったと後悔している。ここに来て、祖父を許せない気持ちが強まったのは、今までどおり恨んでいたかったのに、恨ませてくれないからだ。心のどこかで憎みつづけていられるのなら、そのほうがよかった。

なのに今は、会っておけばよかったと思っている。母が死んだのを機にでも、母が死ぬ前にも、無理にでも関わればよかったと。

それでも、過去に戻ってやり直せたとして、会うという選択をできるかどうかはわからない。やはり色々考えてしまうだろうし、会わないという選択をするかもしれない。

だが僕は、ここに来るまでのようには、知らないままでいられなかった。知って後悔したとしても、これ以上、知りたかったと後悔したくない。

父とだって感動の再会なんかできないし、かといって詰《なじ》ることもできない。用意している言葉なんか、何もないのに。相手だって、いまさら顔を合わせても困るだけだろう。

目をそらして、僕は逃げるように笑った。

「すみません。混乱しています」

「いや、僕も……」

「ええ」

「あのさ」

「はい」

院内放送がかかり、同時に、彼が胸ポケットに入れているＰＨＳが鳴った。呼び出しを受けているようだ。病院での呼び出しなのだから緊急だろう。通話ボタンを押し、指示を出している。不健康そうな爪と荒れた手指には、日頃の苦労がしのばれた。父にも父の事情がある。すべてを知ることはできない。

僅《わず》かな猶予《ゆうよ》に、僕は彼への言葉を決めた。ＰＨＳを切り、彼が僕に向き直る。

「……ごめん、急患だ」

「どうぞ、行ってください」

彼は名刺を取り出し、僕に無理矢理押し付けた。名残惜しそうに去ろうとする背中に僕は言った。

「……さようなら」

彼は少しだけ立ち止まったけれど、ふたたび歩き始めた。今度は振り返らないと僕は思う。僕も振り返らずに出入口に向かう。

別れの言葉は、本当は、祖父に対して言いたかった。

葬儀のとき、棺《ひつぎ》には何も言わなかった。本当はちゃんと別れの言葉を言うべきだった。きちんと、さようならを言えたなら。今になってこんな風に悩まないで済んだのに。

生きている父になら、今だったら言える。

「さよなら……」

正面出入口を出たところにベンチがあり、雫が大人しく掛けて待っていた。遠くから見ると、手足がすごく長くなっていて、大きくなったなあと思う。用事を済ませて戻ってきた僕を見つけて安堵する表情だけが、昔から変わらない。

「待たせてごめん」

「早く早く。日が暮れちゃうよ」

僕たちは歩き出した。帰り道の途中、父の名刺を握りしめていると気づいた。千切って捨ててしまおうかと考え、そうしなかった。

答えはまだ見つからない。祖父に対する気持ちを整理するのでさえもまだ時間がかかる。だが折り合いをつけられる日は来る。

そのあと、この小さな紙切れにも答えを出せるだろう。

七

午後五時半。

僕と雫は、祖父の家の掃除を終え、河川敷にやってきた。

霧はすっかり晴れている。川面は静かに流れている。河川敷に人がまばらに集まっている。もうすぐ日の入りだ。テントの周りには照明が灯《とも》りはじめていた。

イベント用テントの下に長机があり、奥田が受付をしていた。法被を着て、メガホン片手に灯籠を配っている。僕たちの姿を見つけて、ほっとした顔をした。

「晶《あきら》、雫！　こっちこっち！」

「お騒がせしたね」

「ふたりに何かあったら、俺、槇先生に合わせる顔がない」

「奥田のせいじゃないし、ただの事故だよ。中止にならなくて本当によかった」

「中止になっても仕方ないよ。これ、中学生の親の連絡先。渡しておいてくれって。治療費と慰謝料払うってさ」

「サンキュ」

奥田は、メモとともに、灯籠をふたつ渡してくれた。灯籠は長方形で四方に紙が貼ってあり、上下が開いており、笹船を模した小舟に乗っている。底に小さな蠟燭《ろうそく》がついていた。しっかりした作りではなく、ごく簡素で小さなものだ。

「これは俺のおごり」

「悪いよ。奥田のせいじゃないのに」

「いや、餞別《せんべつ》。それならいいだろ？」

「そっか。じゃあ受け取っとく」

代わりに、僕は奥田に玄関にあった水晶の置き物を渡した。

「重たいかな。いらないならいいけど」

「ありがたくもらっとく」

奥田は笑って置き物を受け取ってくれた。

灯籠には五分で切れるという蠟燭が入っている。灯籠の内側に、先祖への質問を書く。火をつけて流す。質問に対しては、流したあとにおのずと答えが見つかるという。

雫も僕もそれぞれ書き、互いに見せ合うことなく、午後五時四十五分を迎えた。空の端に陽の光が残っている。小さく白い月と細かな星が少しずつ顔を見せている。

灯籠に火を入れてもらった。僕たちは川にかがみ、灯籠の小舟を川に流した。灯籠は川を流れていく。ただそれだけの儀式だ。

自分で回収する必要はなく、実行委員が後始末をしてくれるらしい。

雫の灯籠と並んで流れていくのを背伸びをしながら見送る。思ったより流れが早いが、たくさんの灯籠が集まってくるとまとまってゆっくりになった。灯は、ひとつだと頼りない。倒れてしまいそうだ。はらはらしながら見守る。身を寄せ合って、支え合いながら夜を泳いでいくのを見届け、ほっとした。

「じいちゃんに聞きたいこと聞いたの？」

雫から訊ねられた。灯籠に何を書いたのか、だ。僕は首を振った。

「いいや」

「じゃあ誰に何を聞くの？」

「さー、秘密だよ」

「えー⁉　ずるい！」

「何がだよ……」

祖父に聞きたいことは山積みだ。

僕たちをどう思っていたのか、いま何を思うのか、できれば知りたい。そんなに娘を許せなかったのか。僕の存在を許せなかったのか。今でもそうなのか。だったら、どうして僕を助けたんだ。僕が舟に乗ろうとしたとき、僕の代わりに乗ったのは祖父だ。あの声の持ち主は祖父で間違いない。

声が耳に残っている。馬鹿者と罵《ののし》られたが悪い気はしなかった。親しみに満ちた呼びかけだったからだ。そういう印象を受けたことが、僕たち孫をどう思っていたのかのひとつの答えだ。

僕の名前をつけたのは、祖父なのだろうか。財産は処分したけれど、あれでよかったのか。聞きたいことは山ほどあり、言いたいことも山ほどある。

母が死んで、僕たちは心細かった。祖父がいてくれたら、きっと心強かったのに。たとえそれまで会ったことがなかったとしても、わかりあうことができなかったとは思わない。歩み寄る手段はあったと、思うのに。なぜ来てくれなかったんだ。

少しでも会いたいと思ってくれたか。合わせる顔がないだけだと言いたかったか。いつか会おうと思いながらも時間だけが経ったと……。言い訳をしてほしい。

ずっと恨んでいたかったのに、恨ませてくれない祖父が憎い。

正解は何なんだ。当然ながら知りたい。答えを知る方法があるのだから、質問してもよかった。真実、真意を教えてほしい。叫びたいくらい知りたい。

だが、それらは母親に宛《あ》てた言葉には優先しなかった。祖父の遺《のこ》したものは雄弁だった。

彼は人が好きだ。それもひとつの答えだった。

だから灯籠に書いた言葉は、母親に宛てた。元気にしているから心配しないでほしいと書いた。質問ではなく報告のみだ。それだけだ。

この世界にふたりだけで残された僕たち兄弟を心配し、気にかけているのは、母に違いない。いちばん伝えたいひとに、いちばん伝えたい言葉を真剣に考えたとき、他には思い浮かばなかった。

雫は言った。

「俺はねー、兄ちゃんを助けてくれてありがとうって書いたよ。じいちゃんに伝えたかったから」

「シズ……」

「俺は、普通の人と違うものがみえるから、じいちゃんの気持ちも少しわかるんだ。うまく説明できなくて、兄ちゃんには申し訳ないけど」

「別にいいよ。それは、シズだけのものだから」

雫は川の流れを見つめながら言った。

「じいちゃんは、怖かったんだ」

僕は雫の隣に立ち、同じように川の流れを見つめる。

「怖かった？」

「そう。俺たちと会ったらいけないって思ってたんだ。俺たちを無視してたんじゃない。何か、別の……。一番の感情は恐怖だ。でも真意まではわからない。もう渡ってしまったから。だけど、なんていうか、信じていいと思う。俺の前では誰も嘘《うそ》はつけないし」

「……確かにな」

「俺、こっちに来てよかったな。こっちに来たおかげで、わかったんだ。俺は奇妙な力で補完してやっとわかる。でも兄ちゃんは、俺みたいに見えなくても、答えに辿り着ける」

「……そうかな」

考えた結果が正解なら、消化できると言い切れるのだろうが、正解かどうかはわからない。自信はないのだ。すべては想像に過ぎず、真実は永遠にわからない。

だが、事実を正確に知ることすらも、祖父は望んでいないのではなかろうか。

山埜夜話を書いた理由もきっとそうだ。僕なりに考えた結果、語り手である情報提供者のために書いたのではないかとは思う。廣川《ひろかわ》や桐村の祖父が好例だ。

誰かの要望や後悔、正解のない設問に、祖父なりの答えを導いてあげたかったのだろうと考えている。

ボツにした理由は、世に知らしめればそれだけ人の目に触れ、思わぬ形で伝わったり誤解や憶測を生んでしまうからだと思う。だから雫があれを見つけたのは必然だった——なんて、すべては想像に過ぎない。すべてを知ることはできない。

祖父の気持ちを理解するためには、時間がまだ足りない。だから時間をかけて、気持ちを解いていこうと思う。すべてを知ることはできなくても、自分の中で何らかの答えを得られる日は必ず訪れる。

川の上に風が吹いた。いつの間にかすっかり夜になっていた。あまりに高い夜空を仰ぐと小さい月が出ている。天の川さえ見えるような星空だった。

ここですべきことは終わったと感じた。生まれ育った場所を遠く離れ、こうして立っているのが不思議でたまらなくなる。

「終わったなあ……」

僕が感慨《かんがい》深く呟いたのに、雫は自慢気な顔で微笑《ほほえ》んだ。

「家に帰るまでが遠足だよ、兄ちゃん」

「……わかった。現地解散ってことで。神戸まで別行動な」

「ひどい！　待ってよ！」

僕は歩き、雫が追ってくる。ふたりで並び、ひとのまばらな河川敷を歩いていく。

ここにいるひとたちそれぞれが、先に川の向こうに渡ったひとに伝えたい言葉がある。そう思うと、僕たちはふたりきりじゃないと思える。

夜の底で灯を運ぶ小舟は、白い光の粒となって、はるか向こうに遠ざかっている。無数に集まったあの光は、伝えたいひとのところに、想いを込めた言葉を運んでくれる。そういう光だ。

涼しい風が吹いている。人の話し声、家族の笑い声。大粒の砂利を踏む音、小波のせせらぎ。川面に映る月さえも流れていきそうな、優しい音に満ちている。

たとえ物悲しい鵺の声が混じっていても、生きる者のための音に搔《か》き消えて、やがて聞こえなくなる。